逸仙文学读本丛书
主编 林岗 谢有顺

中国新诗读本

陈希 向卫国 编

中山大学出版社
SUN YAT-SEN UNIVERSITY PRESS
·广州·

版权所有　翻印必究

图书在版编目（CIP）数据

中国新诗读本/陈希，向卫国编.—广州：中山大学出版社，2016.4
（逸仙文学读本丛书/林岗，谢有顺主编）
ISBN 978-7-306-05639-9

Ⅰ.①中…　Ⅱ.①陈…②向…　Ⅲ.①诗集—中国—当代　Ⅳ.①I227

中国版本图书馆 CIP 数据核字（2016）第 046192 号

出 版 人： 徐　劲
策划编辑： 嵇春霞
责任编辑： 嵇春霞　向晴云
封面设计： 林绵华
责任校对： 廖丽玲
责任技编： 何雅涛
出版发行： 中山大学出版社
电　　话： 编辑部 020-84111996，84113349，84111997，84110779
　　　　　发行部 020-84111998，84111981，84111160
地　　址： 广州市新港西路 135 号
邮　　编： 510275　**传真：** 020-84036565
网　　址： http://www.zsup.com.cn　E-mail: zdcbs@mail.sysu.edu.cn
印 刷 者： 广东省农垦总局印刷厂
规　　格： 787mm×1092mm　1/16　24.125 印张　400 千字
版次印次： 2016 年 4 月第 1 版　2016 年 4 月第 1 次印刷
定　　价： 52.00 元

如发现本书因印装质量影响阅读，请与出版社发行部联系调换

《逸仙文学读本丛书》编委会

主　编：（按姓氏拼音排序）

　　　　林　岗　谢有顺

顾　问：（按姓氏拼音排序）

　　　　陈思和（复旦大学中文系教授、博士生导师）

　　　　陈晓明（北京大学中文系教授、博士生导师）

　　　　程光炜（中国人民大学文学院教授、博士生导师）

　　　　丁　帆（南京大学中文系教授、博士生导师）

　　　　於可训（武汉大学文学院教授、博士生导师）

委　员：（按姓氏拼音排序）

　　　　陈　希　郭冰茹　哈迎飞　胡传吉　黄　灯　李俏梅

　　　　李金涛　刘卫国　申霞艳　伍芳斐　吴　敏　向卫国

　　　　袁向东　张　均

编选说明

一、《中国新诗读本》为《逸仙文学读本丛书》的一种。

二、本读本收录中国 1917 年以来百年重要新诗作品，适用于广大文学爱好者、文学研究者阅读、研习和收藏。

三、本读本以艺术价值、汉语诗性、诗学影响为标准，选择了百余位广有声誉的诗人的代表作。可入选的诗人诗作当然不止这些，但限于篇幅，编者只能侧重最能代表时代水准和文学发展的诗人诗作。

四、本读本注重史料的原初性，即尽可能选择诗作发表的原始刊物或最初版本，以期触摸历史；但个别诗作进行汇校，采用诗界接受、认可的通行诗句。在具体篇目、章节的选择方面，对于少数长篇诗作以节选形式呈现，对中短篇作品则全文收入。愿经典的陪伴，为我们呈现和创造一个"诗意的世界"。

附记：中山大学中文系 2014 级研究生林泽曼、张硕硕同学为本读本的编选做出了重要贡献，特别是在资料收集和书稿校对等方面付出了辛劳和努力，特此感谢。

目录

胡适
- 蝴蝶 …………………………… 1
- 梦与诗 ………………………… 2
- 希望 …………………………… 2

沈尹默
- 月夜 …………………………… 4
- 三弦 …………………………… 5

刘半农
- 教我如何不想她 ……………… 6
- 相隔一层纸 …………………… 7

康白情
- 草儿 …………………………… 8

俞平伯
- 孤山听雨 ……………………… 10

周作人
- 小河 …………………………… 12

郭沫若
- 立在地球边上放号 …………… 15
- 炉中煤——眷念祖国的情绪
  ………………………………… 16
- 凤凰涅槃 ……………………… 17
- 天上的街市 …………………… 25

宗白华
- 小诗 …………………………… 27
- 我们 …………………………… 28

冰心
- 繁星（节选） ………………… 29
- 春水（节选） ………………… 30

应修人
- 含苞 …………………………… 32

汪静之
- 过伊家门外 …………………… 34
- 蕙的风 ………………………… 34
- 伊底眼 ………………………… 35

潘漠华
- 离家 …………………………… 37

冯雪峰
- 山里的小诗 …………………… 39
- 伊在 …………………………… 40
- 卖花少女 ……………………… 41

徐志摩
- 雪花的快乐 …………………… 42
- 再别康桥 ……………………… 43
- 她是睡着了 …………………… 44

沙扬娜拉——赠日本女郎
　　　…………………………… 46
偶然 …………………………… 47

闻一多
忆菊——重阳节前一日作
　　　…………………………… 48
死水 …………………………… 50
口供 …………………………… 51
太阳吟 ………………………… 52
发现 …………………………… 54

朱湘
采莲曲 ………………………… 55
葬我 …………………………… 57

林徽因
别丢掉 ………………………… 58
你是人间的四月天——一句
爱的赞颂 …………………… 59

陈梦家
一朵野花 ……………………… 60
雁子 …………………………… 61

邵洵美
季候 …………………………… 62

梁宗岱
晚祷（二）——呈敏慧 ……… 63

穆木天
落花 …………………………… 65
苍白的钟声 …………………… 66

冯至
我是一条小河 ………………… 68
蛇 ……………………………… 69
十四行诗（节选） …………… 70

王独清
我从 Café 中出来 ……………… 72

李金发
弃妇 …………………………… 74
琴的哀 ………………………… 75
里昂车中 ……………………… 76
夜之歌 ………………………… 77
有感 …………………………… 79

冯乃超
红纱灯 ………………………… 80

施蛰存
银鱼 …………………………… 81
桥洞 …………………………… 82

戴望舒
我底记忆 …………………… 83
雨巷 ………………………… 84
烦忧 ………………………… 86
我用残损的手掌 …………… 87
萧红墓畔口占 ……………… 88
偶成 ………………………… 88

卞之琳
断章 ………………………… 89
距离的组织 ………………… 90
鱼化石 ……………………… 90
白螺壳 ……………………… 91
圆宝盒 ……………………… 92

李广田
地之子 ……………………… 94

何其芳
预言 ………………………… 96
季候病 ……………………… 98
花环 ………………………… 99

林庚
春天的心 …………………… 100
风雨之夕 …………………… 101

废名
飞尘 ………………………… 102
十二月十九夜 ……………… 103
灯 …………………………… 104

金克木
生命 ………………………… 105

纪弦
乌鸦 ………………………… 106
你的名字 …………………… 107

蒋光慈
哀中国 ……………………… 108

殷夫
血字 ………………………… 111
别了，哥哥 ………………… 113

臧克家
难民 ………………………… 115
老马 ………………………… 116
三代 ………………………… 117
有的人——纪念鲁迅有感
　………………………………… 117

艾青
大堰河——我的保姆 ……… 119

雪落在中国的土地上 ……… 123
　　手推车 ……………………… 126
　　我爱这土地 ………………… 127
　　礁石 ………………………… 127

阿垅
　　纤夫 ………………………… 129

田间
　　给战斗者 …………………… 134
　　假使我们不去打仗 ………… 143

鲁藜
　　泥土 ………………………… 144

曾卓
　　铁栏与火 …………………… 145
　　悬崖边的树 ………………… 146
　　我遥望 ……………………… 147

牛汉
　　汗血马 ……………………… 148
　　华南虎 ……………………… 149
　　悼念一棵枫树 ……………… 151

穆旦
　　在寒冷的腊月的夜里 ……… 154
　　诗八首 ……………………… 155

　　赞美 ………………………… 158
　　春 …………………………… 160
　　自然底梦 …………………… 160
　　冥想 ………………………… 161

辛笛
　　风景 ………………………… 163

杭约赫
　　知识分子 …………………… 164

陈敬容
　　力的前奏 …………………… 165
　　雨后 ………………………… 166
　　珠和觅珠人 ………………… 167

杜运燮
　　山 …………………………… 168
　　秋 …………………………… 169

郑敏
　　金黄的稻束 ………………… 171
　　树 …………………………… 172

袁可嘉
　　沉钟 ………………………… 173

目录

唐祈
　　女犯监狱 ………………… 174

李季
　　王贵与李香香（节选）……… 176

公刘
　　上海夜歌（一）………………… 179

邵燕祥
　　到远方去 ………………… 180
　　走敦煌 …………………… 182

闻捷
　　苹果树下 ………………… 183
　　夜莺飞去了 ……………… 184
　　葡萄成熟了 ……………… 185

流沙河
　　草木篇 …………………… 187
　　故园九咏 ………………… 188

李瑛
　　哨所鸡啼 ………………… 193

郭小川
　　望星空 …………………… 195
　　甘蔗林——青纱帐 ………… 203

食指
　　这是四点零八分的北京…… 205
　　相信未来 ………………… 206
　　热爱生命 ………………… 208
　　秋意 ……………………… 209

北岛
　　回答 ……………………… 210
　　结局或开始——献给遇罗克
　　　………………………… 211
　　古寺 ……………………… 214
　　迷途 ……………………… 215

多多
　　致太阳 …………………… 216
　　手艺——和玛琳娜·茨维塔耶娃
　　　………………………… 217

舒婷
　　中秋夜 …………………… 218
　　致橡树 …………………… 219
　　双桅船 …………………… 220
　　神女峰 …………………… 221
　　会唱歌的鸢尾花 ………… 222

芒克
　　葡萄园 …………………… 228
　　阳光中的向日葵 ………… 229

顾城
　　一代人 …………………… 231
　　星月的由来 ………………… 231
　　远和近 …………………… 232
　　弧线 ……………………… 232
　　我是一个任性的孩子 ……… 233

江河
　　纪念碑 …………………… 236
　　星星变奏曲 ……………… 238

杨炼
　　秋天 ……………………… 240
　　诺日朗 …………………… 241

梁小斌
　　中国，我的钥匙丢了 ……… 245

王小妮
　　我感到了阳光 …………… 247
　　一块布的背叛 …………… 248

韩东
　　有关大雁塔 ……………… 250
　　温柔的部分 ……………… 251

于坚
　　尚义街六号 ……………… 252

　　0 档案 …………………… 255

翟永明
　　女人·母亲 ……………… 265
　　女人·独白 ……………… 266
　　在古代 …………………… 267

海子
　　亚洲铜 …………………… 269
　　麦地 ……………………… 270
　　面朝大海，春暖花开 …… 272
　　祖国（或以梦为马）……… 273
　　春天，十个海子 ………… 275

西川
　　为海子而作 ……………… 276
　　一个人老了 ……………… 278
　　虚构的家谱 ……………… 279
　　另一个我的一生 ………… 281

骆一禾
　　麦地——致乡土中国 …… 283

王家新
　　帕斯捷尔纳克 …………… 285
　　八月十七日，雨 ………… 287

目录

欧阳江河
- 汉英之间 ………… 289
- 一夜肖邦 ………… 291
- 傍晚穿过广场 ………… 292

唐亚平
- 黑色沙漠·黑色洞穴 ………… 297

伊蕾
- 独身女人的卧室·土耳其浴室 ………… 299

周伦佑
- 在刀锋上完成的句法转换 …… 301

张枣
- 镜中 ………… 303
- 何人斯 ………… 304
- 灯芯绒幸福的舞蹈 ………… 305
- 边缘 ………… 307

柏桦
- 表达 ………… 309
- 悬崖 ………… 311
- 望气的人 ………… 312

张曙光
- 岁月的遗照 ………… 314

- 尤利西斯 ………… 315

臧棣
- 未名湖 ………… 317

伊沙
- 饿死诗人 ………… 319
- 张常氏，你的保姆 ………… 320

西渡
- 冬日黎明 ………… 322

汪国真
- 热爱生命 ………… 324
- 送别 ………… 325

杨克
- 我在一颗石榴里看见了我的祖国 ………… 326
- 人民 ………… 327
- 江河源 ………… 328
- 逆光中的那一棵木棉 ………… 329

雷平阳
- 亲人 ………… 330
- 存文学讲的故事 ………… 331

哈金
　　不接地气的人 …………… 332
　　理想的生活 ……………… 333

陈先发
　　丹青见 …………………… 334
　　鱼篓令 …………………… 335
　　黄河史 …………………… 336

晓音
　　64号病房 ………………… 337

俞心樵
　　墓志铭 …………………… 343
　　诗歌摆平不了你 ………… 344
　　今生今世：到处都是海 … 345

郑小琼
　　黄麻岭 …………………… 356
　　铁 ………………………… 357
　　阿艳 ……………………… 358

郭金牛
　　在外省干活 ……………… 360
　　离乡地理 ………………… 361

林亨泰
　　二倍距离 ………………… 362

余光中
　　乡愁 ……………………… 363
　　白玉苦瓜——台北"故宫博物院"
　　　所藏 …………………… 364

洛夫
　　子夜读信 ………………… 366

痖弦
　　芝加哥 …………………… 367

郑愁予
　　错误 ……………………… 369

席慕蓉
　　一棵开花的树 …………… 370
　　乡愁 ……………………… 371

黄国彬
　　灞桥 ……………………… 372

○ 胡适

胡适（1891—1962），原名嗣穈，字适之，安徽绩溪人。1910年赴美先后求学于康奈尔大学、哥伦比亚大学，师从杜威。1917年初于《新青年》发表《文学改良刍议》；同年回国任北京大学教授，并参与编辑《新青年》，提倡白话文和新文学。1920年出版《尝试集》，这是中国新文学史上第一部白话诗集。1923年与徐志摩等组织新月社，次年与陈西滢等创办《现代评论》周刊。1962年在台北病逝。在哲学、史学、文学、古典文学考证诸方面均有成就。出版诗集《尝试集》《胡适诗存》等。

蝴 蝶

两个黄蝴蝶，双双飞上天；
　不知为什么，一个忽飞还。
剩下那一个，孤单怪可怜；
　也无心上天，天上太孤单。

五年·八月二十三日
原载《新青年》1917年第2卷第6号

梦与诗

都是平常经验，
都是平常影像，
偶然涌到梦中来，
变幻出多少新奇花样！

都是平常情感，
都是平常言语，
偶然碰着个诗人，
变幻出多少新奇诗句！

醉过才知酒浓，
爱过才知情重：——
你不能做我的诗，
正如我不能做你的梦。

九，一〇，一〇
原载《新青年》1921 年第 8 卷第 5 号

希 望

我从山中来，
带得兰花草；

种在小园中,
希望开花好。

一日望三回,
望到花时过;
急坏看花人,
苞也无一个。

眼见秋天到,
移花供在家;
明年春风回,
祝汝满盆花!

十,十,四
原载《新青年》1922年第9卷第6号

○ 沈尹默

沈尹默（1883—1971），原名君默，祖籍浙江湖州，生于陕西兴安。早年留学日本。1913—1928年任教于北京大学与北京女子师范大学，后任北平大学校长。曾任《新青年》编委，是最早尝试新诗创作的诗人之一；后来主要写旧体诗，又以书法闻名。出版诗集《秋明集》《秋明长短句》和《秋明杂室诗》等。

月　夜

霜风呼呼的吹着，
　月光明明的照着。
我和一株顶高的树并排立着，
　却没有靠着。

原载《新青年》1918年第4卷第1号

三 弦

中午时候,火一样的太阳,没法去遮拦,让他直晒着长街上。静悄悄少人行路;只有悠悠风来,吹动路旁杨树。

谁家破大门里,半院子绿茸茸细草,都浮着闪闪的金光。旁边有一段低低土墙,挡住了个弹三弦的人,却不能隔断那三弦鼓荡的声浪。

门外坐着一个穿破衣裳的老年人,双手抱着头,他不声不响。

原载《新青年》1918年第5卷第2号

刘半农

刘半农（1891—1934），原名寿彭，后改名复，江苏江阴人。1917年参加《新青年》杂志编辑工作，是五四新文化运动的积极倡导者、早期白话新诗主要作者。出版诗集《瓦釜集》《扬鞭集》等。

教我如何不想她

天上飘着些微云，
地上吹着些微风。
啊！
微风吹动了我头发，
教我如何不想她？

月光恋爱着海洋，
海洋恋爱着月光。
啊！
这般蜜也似的银夜，
教我如何不想她？

水面落花慢慢流，
水底鱼儿慢慢游。
啊！
燕子你说些什么话？
教我如何不想她？

枯树在冷风里摇，

野火在暮色中烧。
啊！
西天还有些儿残霞，
教我如何不想她？

一九二〇年九月四日，伦敦
选自《扬鞭集》，北新书局 1926 年版

相隔一层纸

屋子里拢着炉火，
老爷吩咐开窗买水果，
说"天气不冷火太热，
别任它烤坏了我"。
屋子外躺着一个叫花子，
咬紧了牙齿对着北风喊"要死"！
可怜屋外与屋里，
相隔只有一层薄纸！

一九一七年十月，北京
原载《新青年》1918 年第 4 卷第 1 号

康白情

康白情（1896—1959），四川安岳人。中国白话新诗的开拓者之一。1918 年组织新潮社，创办《新潮》月刊。1920 年留学美国，1926 年回国在山东大学、中山大学、厦门大学任教。出版诗集《草儿》《河上集》等。

草 儿

草儿在前，
鞭儿在后。
那喘吁吁的耕牛，
正担着犁鸢，
眙着白眼，
带水拖泥，
在那里"一东二冬"地走着。

"呼——呼……"
"牛咃，你不要叹气，
快犁快犁，
我把草儿给你。"

"呼——呼……"
"牛咃，快犁快犁。
你还要叹气，
我把鞭儿抽你。"

牛呵！

人呵!
草儿在前,
鞭儿在后。

一九一九,二,一,北京
选自《草儿》,上海亚东图书馆1922年版

俞平伯

俞平伯（1900—1990），原名俞铭衡，浙江德清人。新潮社、文学研究会、语丝社成员。1918年开始创作新诗，诗作大多发表于《新潮》《新青年》等报刊。1922年，与朱自清等人创办"五四"以来最早诗歌刊物《诗》月刊。诗歌代表作为《孤山听雨》《小劫》《凄然》等。出版诗集《冬夜》《西还》《忆》《俞平伯诗全编》等。

孤山听雨

云依依的在我们头上，
小桦儿却早懒懒散散地傍着岸了。
小青哟，和靖哟，
且不要萦住游客们底凭吊；
上那放鹤亭边，
看葛岭底晨妆去罢。

苍苍可滴的姿容，
少一个初阳些微晕的她。
让我们都去默着，
幽甜到不可以说了呢！
晓色更沉沉了；
看云生远山，
听雨来远天。
飒飒的三两点雨，
先打上了荷叶，
一切都从静默中叫醒来。

皱面的湖纹,
半蹙着眉尖样的,
偶然间添了——
花喇喇银珠儿那番迸跳。
是繁弦？是急鼓？
比碎玉声多几分清悄？

凉随雨生了,
闷因着雷破了,
翠叠的屏风烟雾似的朦胧了。
有湿风到我们底衣襟上,
点点滴滴的哨呀！

来时的划子横在渡头。
好个风风雨雨,
清冷冷的湖面。
看他一领蓑衣,
把没篷子的打鱼船,
闲闲的划到藕花外去。

雷声殷殷的送着,
雨丝断了,近山绿了;
只留恋的莽苍云气,
正盘旋在西泠以外,
极目的几点螺黛里。

一九二一,八,五,杭州
选自《俞平伯全集（第一卷）》,花山文艺出版社1996年版

○ 周作人

周作人（1885—1967），原名櫆寿，字星杓，浙江绍兴人。鲁迅二弟。"五四"时期任新潮社主任编辑，参加编辑《新青年》，发起成立文学研究会，是新文化运动的重要代表人物之一。"五四"以后，为《语丝》周刊的主编和主要撰稿人。出版诗集《过去的生命》。

小　河

一条小河，稳稳的向前流动。
经过的地方，两面全是乌黑的土；
生满了红的花，碧绿的叶，黄的果实。
一个农夫背了锄来，在小河中间筑起一道堰。
下流干了；上流的水被堰拦着，下来不得，不得前进，又不能退回，水只在堰前乱转。
水要保他的生命，总须流动，便只在堰前乱转。
堰下的土，逐渐淘去，成了深潭。
水也不怨这堰，——便只是想流动，
想同从前一般，稳稳的向前流动。

　　一日农夫又来，土堰外筑起一道石堰。
土堰坍了：水冲着坚固的石堰，还只是乱转。

堰外田里的稻，听着水声，皱眉说道，——
"我是一株稻，是一株可怜的小草，
我喜欢水来润泽我，
却怕他在我身上流过。

小河的水是我的好朋友,
他曾经稳稳的流过我面前,
我对他点头,他向我微笑。
我愿他能够放出了石堰,
仍然稳稳的流着,
向我们微笑;
曲曲折折的尽量向前流着,
经过的两面地方,都变成一片锦绣。
他本是我的好朋友,
只怕他如今不认识我了;
他在地底里呻吟,
听去虽然微细,却又如何可怕!
这不像我朋友平日的声音,
被轻风搀着走上沙滩来时,
快活的声音。
我只怕他这回出来的时候,
不认识从前的朋友了,——
便在我身上大踏步过去;
我所以正在这里忧虑。"
　　田边的桑树,也摇头说,——
"我生的高,能望见那小河,——
他是我的好朋友,
他送清水给我喝,
使我能生肥绿的叶,紫红的桑葚。
他从前清澈的颜色,
现在变了青黑;
又是终年挣扎,脸上添出许多痉挛的皱纹。
他只向下钻,早没有工夫对了我点头微笑,
堰下的潭,深过了我的根了。
我生在小河旁边,
夏天晒不枯我的枝条,
冬天冻不坏我的根。
如今只怕我的好朋友,
将我带倒在沙滩上,
拌着他卷来的水草。
我可怜我的好朋友,
但实在也为我自己着急。"

田里的草和虾蟆，听了两个的话，
也都叹气，各有他们自己的心事。

水只在堰前乱转；
坚固的石堰，还是一毫不摇动。
筑堰的人，不知到哪里去了。

一九一九年一月二十四日
原载《新青年》1919 年第 6 卷第 2 号

○ 郭沫若

郭沫若（1892—1978），原名开贞，字鼎堂，四川乐山人。1914 年留学日本。1921 年与成仿吾、郁达夫等人成立创造社。1923 年于日本帝国大学毕业回国后，编辑《创作周报》《洪水》，提出"革命文学"主张。1928 年起旅居日本，直到抗日战争爆发后秘密回国。出版诗集《女神》《瓶》《前茅》《战声》《凤凰》等。

立在地球边上放号

无数的白云正在空中怒涌，
啊啊！好幅壮丽的北冰洋的情景哟！
无限的太平洋提起他全身的力量来要把地球推倒。
啊啊！我眼前来了的滚滚的洪涛哟！
啊啊！不断的毁坏，不断的创造，不断的努力哟！
啊啊！力哟！力哟！
力的绘画，力的舞蹈，力的音乐，力的诗歌，力的 Rhythm① 哟！

一九一九年九、十月间作
原载《时事新报·学灯》1920 年 1 月 5 日

---

① 意为节奏、音律。

炉中煤

——眷念祖国的情绪

啊,我年青的女郎!
我不辜负你的殷勤,
你也不要辜负了我的思量。
我为我心爱的人儿
燃到了这般模样!

啊,我年青的女郎!
你该知道了我的前身?
你该不嫌我黑奴卤莽?
要我这黑奴底胸中,
才有火一样的心肠。

啊,我年青的女郎!
我想我的前身
原本是有用的栋梁,
我活埋在地底多年,
到今朝总得重见天光。

啊,我年青的女郎!
我自从重见天光,
我常常思念我的故乡,
我为我心爱的人儿
燃到了这般模样!

一九二〇年一、二月间作
原载《时事新报·学灯》1920年2月3日

凤凰涅槃

天方国古有神鸟名"菲尼克司"(Phoenix),满五百岁后,集香木自焚,复从死灰中更生,鲜美异常,不再死。

按此鸟殆即中国所谓凤凰:雄为凤,雌为凰。《孔演图》云:"凤凰火精,生丹穴。"《广雅》云:"凤凰……雄鸣曰即即,雌鸣曰足足。"

序曲

除夕将近的空中,
飞来飞去的一对凤凰,
唱着哀哀的歌声飞去,
衔着枝枝的香木飞来,
飞来在丹穴山上。

山右有枯槁了的梧桐,
山左有消歇了的醴泉,
山前有浩茫茫的大海,
山后有阴莽莽的平原,
山上是寒风凛冽的冰天。

天色昏黄了,
香木集高了,
凤已飞倦了,
凰已飞倦了,
他们的死期将近了。

凤啄香木,
一星星的火点迸飞。
凰扇火星,
一缕缕的香烟上腾。

凤又啄,
凰又扇,
山上的香烟弥散,
山上的火光弥满。

夜色已深了,
香木已燃了,
凤已啄倦了,
凰已扇倦了,
他们的死期已近了!

啊啊!
哀哀的凤凰!
凤起舞,低昂!
凰唱歌,悲壮!
凤又舞,
凰又唱,
一群的凡鸟,
自天外飞来观葬。

凤歌

即即!即即!即即!
即即!即即!即即!
茫茫的宇宙,冷酷如铁!
茫茫的宇宙,黑暗如漆!
茫茫的宇宙,腥秽如血!

宇宙呀,宇宙,
你为什么存在?
你自从哪儿来?
你坐在哪儿在?
你是个有限大的空球?
你是个无限大的整块?
你若是有限大的空球,
那拥抱着你的空间
他从哪儿来?

你的外边还有些什么存在?
你若是无限大的整块,
这被你拥抱着的空间
他从哪儿来?
你的当中为什么又有生命存在?
你到底还是个有生命的交流?
你到底还是个无生命的机械?

昂头我问天,
天徒矜高,莫有点儿知识。
低头我问地,
地已死了,莫有点儿呼吸。
伸头我问海,
海正扬声而鸣唈。

啊啊!
生在这样个阴秽的世界当中,
便是把金刚石的宝刀也会生锈!
宇宙呀,宇宙,
我要努力地把你诅咒!
你脓血污秽着的屠场呀!
你悲哀充塞着的囚牢呀!
你群鬼叫号着的坟墓呀!
你群魔跳梁着的地狱呀!
你到底为什么存在?

我们飞向西方,
西方同是一座屠场。
我们飞向东方,
东方同是一座囚牢。
我们飞向南方,
南方同是一座坟墓。
我们飞向北方,
北方同是一座地狱。
我们生在这样个世界当中,
只好学着海洋哀哭。

凰歌

足足！足足！足足！
足足！足足！足足！
五百年来的眼泪倾泻如瀑。
五百年来的眼泪淋漓如烛。
流不尽的眼泪，
洗不净的污浊，
浇不熄的情炎，
荡不去的羞辱，
我们这飘渺的浮生
到底要向哪儿安宿？

啊啊！
我们这飘渺的浮生
好象那大海里的孤舟。
左也是漶漫，
右也是漶漫，
前不见灯台，
后不见海岸，
帆已破，
樯已断，
楫已漂流，
柁已腐烂，
倦了的舟子只是在舟中呻唤，
怒了的海涛还是在海中泛滥。

啊啊！
我们这飘渺的浮生
好象这黑夜里的酣梦。
前也是睡眠，
后也是睡眠，
来得如飘风，
去得如轻烟，
来如风，
去如烟，
眠在后，

睡在前，
我们只是这睡眠当中的
一刹那的风烟。

啊啊！
有什么意思？
有什么意思？
痴！痴！痴！
只剩些悲哀，烦恼，寂寥，衰败，
环绕着我们活动着的死尸，
贯串着我们活动着的死尸。

啊啊！
我们年轻时候的新鲜哪儿去了？
我们年轻时候的甘美哪儿去了？
我们年轻时候的光华哪儿去了？
我们年轻时候的欢爱哪儿去了？
去了！去了！去了！
一切都已去了，
一切都要去了。
我们也要去了，
你们也要去了。
悲哀呀！烦恼呀！寂寥呀！衰败呀！

凤凰同歌

啊啊！
火光熊熊了。
香气蓬蓬了。
时期已到了。
死期已到了。
身外的一切！
身内的一切！
一切的一切！
请了！请了！

群鸟歌

岩鹰
哈哈，凤凰！凤凰！
你们枉为这禽中的灵长！
你们死了吗？你们死了吗？
从今后该我为空界的霸王！

孔雀
哈哈，凤凰！凤凰！
你们枉为这禽中的灵长！
你们死了吗？你们死了吗？
从今后请看我花翎上的威光！

鸱枭
哈哈，凤凰！凤凰！
你们枉为这禽中的灵长！
你们死了吗？你们死了吗？
哦！是哪儿来的鼠肉的馨香？

家鸽
哈哈，凤凰！凤凰！
你们枉为这禽中的灵长！
你们死了吗？你们死了吗？
从今后请看我们驯良百姓的安康！

鹦鹉
哈哈，凤凰！凤凰！
你们枉为这禽中的灵长！
你们死了吗？你们死了吗？
从今后请听我们雄辩家的主张！

白鹤
哈哈，凤凰！凤凰！
你们枉为这禽中的灵长！
你们死了吗？你们死了吗？
从今后请看我们高蹈派的徜徉！

凤凰更生歌

鸡鸣
听潮涨了，

听潮涨了,
死了的光明更生了。

春潮涨了,
春潮涨了,
死了的宇宙更生了。

生潮涨了,
生潮涨了,
死了的凤凰更生了。

凤凰和鸣
我们更生了。
我们更生了。
一切的一,更生了。
一的一切,更生了。
我们便是他,他们便是我,
我中也有你,你中也有我。
我便是你。
你便是我。
火便是凰。
凤便是火。
翱翔!翱翔!
欢唱!欢唱!

我们新鲜,我们净朗,
我们华美,我们芬芳,
一切的一,芬芳。
一的一切,芬芳。
芬芳便是你,芬芳便是我。
芬芳便是他,芬芳便是火。
火便是你。
火便是我。
火便是他。
火便是火。
翱翔!翱翔!
欢唱!欢唱!

我们热诚，我们挚爱。
我们欢乐，我们和谐。
一切的一，和谐。
一的一切，和谐。
和谐便是你，和谐便是我。
和谐便是他，和谐便是火。
火便是你。
火便是我。
火便是他。
火便是火。
翱翔！翱翔！
欢唱！欢唱！

我们生动，我们自由。
我们雄浑，我们悠久。
一切的一，悠久。
一的一切，悠久。
悠久便是你，悠久便是我。
悠久便是他，悠久便是火。
火便是你。
火便是我。
火便是他。
火便是火。
翱翔！翱翔！
欢唱！欢唱！

我们欢唱，我们翱翔。
我们翱翔，我们欢唱。
一切的一，常在欢唱。
一的一切，常在欢唱。
是你在欢唱？是我在欢唱？
是他在欢唱？是火在欢唱？
欢唱在欢唱！
欢唱在欢唱！
只有欢唱！
只有欢唱！

欢唱!
　　欢唱!
　　　　欢唱!

一九二零年一月二十日初稿
一九二八年一月三日改稿
原载《时事新报·学灯》1920年1月30、31日

天上的街市①

远远的街灯明了,
好像闪着无数的明星。
天上的明星现了,
好像点着无数的街灯。

我想那缥渺的空中,
定然有美丽的街市。
街市上陈列的一些物品,
定然是世上没有的珍奇。

你看,那浅浅的天河,
定然是不甚宽广。
那隔河的牛郎织女,
定能够骑着牛儿来往。

我想他们此刻,
定然在天街闲游。

---

① 最初发表时题为"天上的市街"。

不信，请看那朵流星，
哪是他们提着灯笼在走。

一九二一年十月二十四日
原载《创造》1922年5月季刊第1卷第1期

○ 宗白华

宗白华（1897—1986），原名宗之櫆，江苏常熟人。"五四"期间参加少年中国学会，任《少年中国》月刊编辑，主编上海《时事新报》副刊《学灯》。1920年赴德国留学，1925年回国，先后于东南大学、北京大学任教。出版诗集《流云》，诗歌代表作有《问祖国》《晨兴》《信仰》等。

小 诗

生命的树上
凋了一枝花
谢落在我的怀里，
我轻轻的压在心上。
她接触了我心中的音乐
化成小诗一朵。

选自《流云》，上海亚东图书馆1923年版

我 们

我们并立天河下。
人间已落沉睡里。
天上的双星
映在我们的两心里。
我们握着手，看着天，不语。
一个神秘的微颤
经过我们两心深处。

选自《流云》，上海亚东图书馆 1923 年版

○ 冰 心

冰心（1900—1999），原名谢婉莹，福建长乐人。1920 年起发表短篇小说、小诗。1923 年毕业于燕京大学，入美国威尔斯利女子大学留学，回国后在燕京大学、清华大学任教。1946 年再度去日本。回国后主要从事儿童文学创作和国际文化交流活动。早期诗歌主要讴歌母爱和童心，风格柔美自然。出版诗集《繁星》《春水》等。

繁星（节选）

一

繁星闪烁着——
　　深蓝的太空，
　　　　何曾听得见他们对语？
沉默中，
　　微光里，
　　　　他们深深的互相颂赞了。

一三一

大海呵，
　　那一颗星没有光？
　　那一朵花没有香？
　　那一次我的思潮里
　　　　没有你波涛的清响？

一五九

母亲呵！
天上的风雨来了，
　　鸟儿躲到它的巢里；
心中的风雨来了，
　　我只躲到你的怀里。

选自《繁星》，商务印书馆 1923 年版

春水（节选）

五

一道小河
　　平平荡荡的流将下去，
只经过平沙万里——
　　自由的，
　　　　沉寂的，
它没有快乐的声音。

一道小河
　　曲曲折折的流将下去，
只经过高山深谷——
　　险阻的，
　　　　挫折的，
它也没有快乐的声音。

我的朋友！
感谢你解答了
　　我久闷的问题，

平荡而曲折的水流里，
　青年的快乐
　　在其中荡漾着了！

三三

墙角的花！
你孤芳自赏时，
　天地便小了。

选自《春水》，新潮社 1923 年版

○ 应修人

应修人（1900—1933），原名应麟德，浙江慈溪人。"五四"时期开始创作新诗。1922年与汪静之、潘漠华、冯雪峰成立湖畔诗社。1927年赴苏联留学，1930年回国，参加"左联"。1933年在上海同国民党特务搏斗时牺牲。诗作吸收民歌和外国近代新诗的营养，风格清新、质朴。与湖畔诗社成员合出新诗集《湖畔》《春的歌集》。

含 苞

露珠儿要滴了，
乳叶儿掩映，
含苞的蔷薇酝酿着簇新的生命。

任他风雨催你，
你尽管慢慢地开。
悠久的花期，
丰美的花瓣，
你知道正从这"慢慢地"而来吗？

"妹妹杜鹃花，伊已先我吐华了。"
可爱的蔷薇呵！这非你所应该较量的。
"春光迟暮，怕粉蝶儿要倦游了。"
这也非你所应该猜疑的。

我爱这纤纤的花苞儿
蕴藉着无量的美，
——无量的烂漫的将来。

你尽管慢慢地开,
我底纯洁的蔷薇呵!

一九二一,四,二十五,上海
选自《湖畔》,湖畔诗社 1922 年版

○ 汪静之

汪静之（1902—1996），安徽绩溪人。1919 年开始新诗创作。1921 年与潘漠华等组织晨光文学社，出版《晨光》周刊。1922 年与潘漠华、冯雪峰、应修人组织湖畔诗社，出版诗歌合集《湖畔》。诗作风格清新缠绵。诗歌代表作为《过伊家门外》《蕙的风》《伊底眼》等。出版诗集《蕙的风》《寂寞的国》《诗二十一首》等。

过伊家门外

我冒犯了人们的指摘，
一步一回头地瞟我意中人；
我怎样欣慰而胆寒呵。

一九二二，一，八
选自《蕙的风》，上海亚东图书馆 1922 年版

蕙的风

是那里吹来
这蕙花的风——
温馨的蕙花的风？

蕙花深锁在园里，
伊满怀着幽怨。
伊底幽香潜出园外，
去招伊所爱的蝶儿。

雅洁的蝶儿，
薰在蕙风里：
他陶醉了；
想去寻着伊呢。

他怎寻得到被禁锢的伊呢？
他只迷在伊底风里，
隐忍着这悲惨然而甜蜜的伤心，
醺醺地翩翩地飞着。

一九二一，九，三
选自《蕙的风》，上海亚东图书馆 1922 年版

伊底眼

伊底眼是温暖的太阳；
不然，何以伊一望着我，
我受了冻的心就热了呢？

伊底眼是解结的剪刀；
不然，何以伊一瞧着我，
我被镣铐的灵魂就自由了呢？

伊底眼是快乐的钥匙；
不然，何以伊一瞅着我，

我就住在乐园里了呢?

伊底眼变成忧愁的引火线了；
不然，何以伊一盯着我，
我就沉溺在愁海里了呢?

一九二二，六，四
选自《蕙的风》，上海亚东图书馆 1922 年版

潘漠华

潘漠华（1902—1934），原名训，又名恺尧，浙江宣平人。1921年、1922年与同学冯雪峰、汪静之先后发起成立文学团体晨光社、湖畔诗社。合出诗集《湖畔》《春的歌集》。

离 家

我底衫袖破了，
我母亲坐着替我补缀。
伊针针引着纱线，
却将伊底悲苦也缝了进去。

我底头发太散乱了，
姊姊说这样出外去不大好看，
也要惹人家底讨厌；
伊拿了头梳来替我梳理，
后来却也将伊底悲苦梳了进去。

我们离家上了旅路，
走到夕阳傍山红的时候，
哥哥说我走得太迟迟了，
将要走不尽预定的行程；
他伸手牵着我走。
但他底悲苦，
又从他微微颤跳的手掌心传给我了。

现在，就是碧草红云的现在呵！
离家已有六百多里路。
母亲底悲苦，从衣缝里出来；
姊姊底悲苦，从头发里出来；
哥哥底悲苦，从手掌心里出来；
他们结成一个缜密的悲苦的网，
将我整个网着在那儿了！

一九二二，三，十，杭州
选自《湖畔》，湖畔诗社 1922 年版

○ 冯雪峰

　　冯雪峰（1903—1976），原名冯福春，浙江义乌人。1921年、参加由潘漠华发起组织、朱自清等为顾问的文学社团晨光社，并发表诗作。1922年春与潘漠华、汪静之及应修人结成湖畔诗社。1930年至1933年底是左翼文化战线的重要领导人之一。诗歌代表作为《卖花少女》《伊在》《山里的小诗》等。出版诗歌合集《湖畔》《春的歌集》、诗集《真实之歌》和《雪峰的诗》。

山里的小诗

　　鸟儿出山去的时候，
　　我以一片花瓣放在它嘴里，
　　告诉那住在谷口的女郎，
　　说山里的花已开了。

选自《春的歌集》，湖畔诗社1923年版

伊 在

（一）

伊在塘埠上浣衣，
我便到那里洗澡。
伊底泪洒湿了我底衣，
说洒湿了好把伊洗。
伊以伊底心洗在我底衣里，
我穿了好像针刺着——
刺到我底心底最深处。

（二）

一天伊在一块地上删莝，
我便到那里寻牛食草。
伊以伊的手帕揩我的汗，
于是伊底眼病就传染我了，
此后我底眼也常常要流泪了。

（三）

人们泪越流得多，
天公雪便越落得大。
我和伊去玩雪，想做个雪人，
但雪经我们的一走，
便如火烧般地融消了。
我们真热呵！

雪峰，杭州，一九二一，十二，七

卖花少女

她蓬散的头发戴不牢花儿，
一朵山兰花挟在耳旁边；
她裤脚儿高卷着，
全露赤她唇红的脚胫和脚掌。

一边挽着花篮儿，轻轻的，
一边唱着小歌儿，冷冷的；
市巷街头将从此有春了，
你那红脚底儿踏过去。

人间将从此有春了，
你不用在那儿久留；
完了花儿即便回来呀！
山上的哥哥要想望呀！

选自《春的歌集》，湖畔诗社 1923 年版

徐志摩

徐志摩（1897—1931），名章垿，字志摩，浙江海宁人。1920 年入英国剑桥大学，同时开始新诗创作。1922 年回国，任教于北京大学。1923 年与胡适等组织成立新月社。1926 年与闻一多等创办《晨报》副刊《诗镌》。1927 年筹办新月书店，次年主编《新月》月刊。1931 年与陈梦家等一起创办《诗刊》，任主编。1931 年 11 月因飞机失事遇难。诗作独抒性灵，讲究意境和形象，韵律和谐，章法整饬。出版诗集《志摩的诗》《翡冷翠的一夜》《猛虎集》《云游》。

雪花的快乐

假若我是一朵雪花，
翩翩的在半空里潇洒，
　　我一定认清我的方向——
　　飞飏，飞飏，飞飏，——
这地面上有我的方向。

不去那冷寞的幽谷，
不去那凄清的山麓，
　　也不上荒街去惆怅——
　　飞飏，飞飏，飞飏，——
你看，我有我的方向！

在半空里娟娟的飞舞，
认明了那清幽的住处，
　　等着她来花园里探望——
　　飞飏，飞飏，飞飏，——

啊，她身上有朱砂梅的清香！

那时我凭藉我的身轻，
盈盈的，沾住了她的衣襟，
　　贴近她柔波似的心胸——
　　消溶，消溶，消溶——
溶入了她柔波似的心胸！

　　　　　　　　　　一九二四年十二月三十日作
　　　　　　　　原载《现代评论》1925年1月7日第1卷第6期

再别康桥

轻轻的我走了，
　　正如我轻轻的来；
我轻轻的招手，
　　作别西天的云彩。

那河畔的金柳，
　　是夕阳中的新娘；
波光里的艳影，
　　在我的心头荡漾。

软泥上的青荇，
　　油油的在水底招摇；
在康桥的柔波里，
　　我甘心做一条水草！

那榆荫下的一潭，
　　不是清泉，是天上虹；
揉碎在浮藻间，

沉淀着彩虹似的梦。

寻梦?撑一支长篙,
　　向青草更青处漫溯。
满载一船星辉,
　　在星辉斑斓里放歌。

但我不能放歌,
　　悄悄是别离的笙箫;
夏虫也为我沉默,
　　沉默是今晚的康桥!

悄悄的我走了,
　　正如我悄悄的来;
我挥一挥衣袖,
　　不带走一片云彩。

　　　　　　　　　　11月6日中国海上
　　　　　　　选自《猛虎集》,新月书店1931年版

她是睡着了[①]

　　她是睡着了——
星光下一朵斜欹的白莲,
　　她入梦境了,
香炉里袅起一缕碧螺烟。

　　她是眠熟了——

---

① 此诗手稿篇末注明"十九日夜二时半"作,写作年月和发表刊物不详。估计写于1925年初夏。

涧泉幽抑了喧响的琴弦,①
　　　她在梦乡了——
　　粉蝶儿,翠蝶儿,翻飞的欢恋②。

　　　停匀的呼吸:
　　清香渗透了她的周遭的清氛;
　　　有福的清氛,
　　怀抱着,抚摩着,她纤纤的身形!

　　　奢侈的光阴!
　　静,沙沙的尽是闪亮的黄金;
　　　平铺着无垠,——
　　波鳞间轻漾着光艳的小艇。

　　　醉心的光景:
　　给我披一件彩衣,啜一坛芳醴,
　　　折一支藤花,
　　舞,在葡萄丛中,颠倒,昏迷。

　　　看呀,美丽!
　　三春的颜色移上了她的香肌,
　　　是玫瑰,是月季,
　　是朝阳里水仙,鲜妍芳菲!

　　　梦底的幽秘,
　　挑逗着她的心——纯洁的灵魂,
　　　像一只蜂儿,
　　在花心恣意的唐突——温存。

　　　童真的梦境!
　　静默;休教惊断了梦神的殷勤;
　　　抽一丝金络,
　　抽一丝银络,抽一丝晚霞的紫曛。

---

①　手稿此句为"涧泉幽抑了弦琴的声喧!"
②　手稿此句为"欢情的绻缱"。

玉腕与金梭，
织缣似的精审，更番的穿度——
　　化生了彩霞，
神阙，安琪儿的歌，安琪儿的舞。

　　可爱的梨涡，
解释了处女的梦境的欢喜，
　　像一颗露珠，
颤动的，在荷盘中闪耀着晨曦。

沙扬娜拉①

——赠日本女郎

最是那一低头的温柔，
　　像一朵水莲花不胜凉风的娇羞，
道一声珍重，道一声珍重，
　　那一声珍重里有蜜甜的忧愁——
　　　　沙扬娜拉！

一九二四年七月
选自《志摩的诗》，新月书店 1928 年版

---

①　沙扬娜拉：日语"再见"的音译。

偶 然

我是天空里的一片云，
偶尔投影在你的波心——
　　你不必讶异，
　　更无须欢喜——
在转瞬间消灭了踪影。

你我相逢在黑夜的海上，
你有你的，我有我的，方向；
　　你记得也好，
　　最好你忘掉
在这交会时互放的光亮！

　　　　　　　　　　一九二六年五月
原载《晨报》副刊《诗镌》1926年5月27日第9期

闻一多

闻一多（1899—1946），原名闻家骅，字友三，湖北浠水人。"五四"前后从事新诗创作，致力于研究新诗格律化的理论，倡导新诗要具有"音乐的美（音节），绘画的美（辞藻），建筑的美（节的匀称和句的均齐）"。1922年赴美留学；1925年回国，同徐志摩等主编《晨报》副刊《诗镌》。1928年参加新月社，与徐志摩、胡适等人创办《新月》。1927年起先后在中央大学、武汉大学、青岛大学、清华大学、西南联合大学任教。1946年7月被国民党特务杀害。诗歌代表作有《死水》《忆菊》等。出版诗集《红烛》《死水》。

忆 菊

——重阳节前一日作

插在长颈的虾青瓷的瓶里，
六方的水晶瓶里的菊花，
钻在紫藤仙姑篮里的菊花；
守着酒壶的菊花，
陪着螯盏的菊花；
未放，将放，半放，盛放的菊花。

镶着金边的绛色的鸡爪菊；
粉红色的碎瓣的绣球菊！
懒慵慵的江西腊哟；
倒挂着一饼蜂窠似的黄心，
仿佛是朵紫的向日葵呢。
长瓣抱心，密瓣平顶的菊花；

柔艳的尖瓣攒蕊的白菊
如同美人底蜷着的手爪，
拳心里攫着一撮儿金粟。

檐前，阶下，篱畔，圃心底菊花：
霭霭的淡烟笼着的菊花，
丝丝的疏雨洗着的菊花，——
金底黄，玉底白，春酿底绿，秋山底紫，……

剪秋萝似的小红菊花儿；
从鹅绒到古铜色的黄菊；
带紫茎的微绿色的"真菊"
是些小小的玉管儿缀成的，
为的是好让小花神儿
夜里偷去当了笙儿吹着。

大似牡丹的菊王到底奢豪些，
他的枣红色的瓣儿，铠甲似的，
张张都装上银白的里子了；
星星似的小菊花蕾儿
还拥着褐色的萼被睡着觉呢。

啊！自然美底总收成啊！
我们祖国之秋底杰作啊！
啊！东方底花，骚人逸士底花呀！
那东方底诗魂陶元亮
不是你的灵魂底化身罢？
那祖国底登高饮酒的重九
不又是你诞生底吉辰吗？

你不像这里的热欲的蔷薇，
那微贱的紫萝兰更比不上你。
你是有历史，有风俗的花。
啊！四千年的华胄底名花呀！
你有高超的历史，你有逸雅的风俗！

啊！诗人底花呀！我想起你，
我的心也开成顷刻之花，

灿烂的如同你的一样;
我想起你同我的家乡,
我们的庄严灿烂的祖国,
我的希望之花又开得同你一样。

习习的秋风啊!吹着,吹着!
我要赞美我祖国底花!
我要赞美我如花的祖国!
请将我的字吹成一簇鲜花,
金底黄,玉底白,春酿底绿,秋山底紫,……
然后又统统吹散,吹得落英缤纷,
弥漫了高天,铺遍了大地!

秋风啊!习习的秋风啊!
我要赞美我祖国底花!
我要赞美我如花的祖国!

一九二二年十月
选自《红烛》,上海泰东图书局 1923 年版

死 水

这是一沟绝望的死水,
清风吹不起半点漪沦。
不如多扔些破铜烂铁,
爽性泼你的剩菜残羹。

也许铜的要绿成翡翠,
铁罐上锈出几瓣桃花;
再让油腻织一层罗绮,
霉菌给他蒸出些云霞。

让死水酵成一沟绿酒，
飘满了珍珠似的白沫；
小珠笑一声变成大珠，
又被偷酒的花蚊咬破。

那么一沟绝望的死水，
也就夸得上几分鲜明。
如果青蛙耐不住寂寞，
又算死水叫出了歌声。

这是一沟绝望的死水，
这里断不是美的所在，
不如让给丑恶来开垦，
看他造出个什么世界。

一九二五，四
选自《死水》，新月书店 1928 年版

口　供

我不骗你，我不是什么诗人，
纵然我爱的是白石的坚贞，
青松和大海，鸦背驮着夕阳，
黄昏里织满了蝙蝠的翅膀。
你知道我爱英雄，还爱高山，
我爱一幅国旗在风中招展，
自从①鹅黄到古铜色的菊花。
记着我的粮食是一壶苦茶！

---

① "自从"最初发表时作"那从"。

可是还有一个我,你怕不怕?——
苍蝇似的思想,垃圾桶里爬。

原载《时事新报·文艺周刊》1927 年 9 月 10 日

太阳吟

太阳啊,刺得我心痛的太阳!
又逼走了游子底一出还乡梦,
又加他十二个时辰底九曲回肠!

太阳啊,火一样烧着的太阳!
烘干了小草尖头底露水,
可烘得干游子底冷泪盈眶?

太阳啊,六龙骖驾的太阳!
省得我受这一天天底缓刑,
就把五年当一天跑完那又何妨?

太阳啊——神速的金乌——太阳!
让我骑着你每日绕行地球一周,
也便能天天望见一次家乡!

太阳啊,楼角新升的太阳!
不是刚从我们东方来的吗?
我的家乡此刻可都依然无恙?

太阳啊,我家乡来的太阳!
北京城里底官柳裹上一身秋了罢?
唉!我也憔悴的同深秋一样!

太阳啊，奔波不息的太阳！
你也好像无家可归似的呢。
啊！你我的身世一样地不堪设想！

太阳啊，自强不息的太阳！
大宇宙许就是你的家乡罢。
可能指示我底家乡底方向？

太阳啊，这不像我的山川，太阳！
这里的风云另带一般颜色，
这里鸟儿唱的调子格外凄凉。

太阳啊，生命之火底太阳！
但是谁不知你是球东半底情热，
同时又是球西半底智光？

太阳啊，也是我家乡底太阳！
此刻我回不了我往日的家乡，
便认你为家乡也还得失相偿。

太阳啊，慈光普照的太阳！
往后我看见你时，就当回家一次；
我的家乡不在地下乃在天上！

选自《红烛》，上海泰东图书局 1923 年版

发 现

我来了,我喊一声,迸着血泪,
"这不是我的中华,不对,不对!"
我来了,因为我听见你叫我;
鞭着时间的罡风,擎一把火。
我来了,不知道是一场空喜。
我会见的是噩梦,哪里是你?
那是恐怖,是噩梦挂着悬崖,
那不是你,那不是我的心爱!
我追问青天,逼迫八面的风,
我问(拳头擂着大地的赤胸)
总问不出消息;我哭着叫你,
呕出一颗心来,——在我心里!

原载《时事新报·学灯》1927 年 6 月 25 日

朱湘

朱湘（1904—1933），字子沅，原籍安徽太湖，生于湖南沅陵。新月派成员，热衷于中国新诗创作和外国诗歌评介。人称"清华四子"之一，享有诗名，被鲁迅誉为"中国的济慈"。早期诗作多描摹自然风光，清新幽婉。1925年以后，多愤世嫉俗之作，颇感伤沉郁。诗歌章法整齐、韵调和谐，对新诗格律方法有所探讨。诗歌代表作有《采莲曲》《雨景》《葬我》等。出版诗集《夏天》《草莽集》《石门集》《永言集》等。

采莲曲

　　小船呀轻飘，
　　杨柳呀风里颠摇；
　　　荷叶呀翠盖，
　　荷花呀人样娇娆。
　　　　日落，
　　　　　微波，
　　金丝闪动过小河，
　　　　左行，
　　　　　右撑，
　　莲舟上扬起歌声。

　　　菡萏呀半开，
　　蜂蝶呀不许轻来，
　　　绿水呀相伴，
　　清净呀不染尘埃。
　　　　溪间，

采莲，
水珠滑走过荷钱。
　　拍紧，
　　　拍轻，
桨声应答着歌声。

　　藕心呀丝长，
羞涩呀水底深藏；
　　不见呀蚕茧
丝多呀蛹裹中央？
　　溪头，
　　　采藕，
女郎要采又夷犹。
　　波沉，
　　　波升，
波上抑扬着歌声。

　　莲蓬呀子多：
两岸呀榴树婆娑，
　　喜鹊呀喧噪，
榴花呀落上新罗。
　　溪中，
　　　采蓬，
耳鬓边晕着微红。
　　风定，
　　　风生，
风飕荡漾着歌声。

　　升了呀月钩，
明了呀织女牵牛；
　　薄雾呀拂水，
凉风呀飘去莲舟。
　　花芳，
　　　衣香，
消溶入一片苍茫；
　　时静，
　　　时闻，

虚空里裹着歌音。

一九二五年十月二十四
选自《草莽集》，开明书店 1927 年版

葬我

葬我在荷花池内，
耳边有水蚓拖声，
在绿荷叶的灯上
萤火虫时暗时明——

葬我在马缨花下，
永作着芬芳的梦——
葬我在泰山之巅，
风声呜咽过孤松——

不然，就烧我成灰，
投入泛滥的春江，
与落花一同漂去
无人知道的地方。

一九二五年二月二日
选自《草莽集》，开明书店 1927 年版

林徽因

林徽因（1904—1955），福建闽侯人。1923 年，赴美学习建筑，后入耶鲁大学学习舞台美术。1928 年回国。1930 年后在东北大学、燕京大学任教。20 世纪 30 年代从事新诗创作。诗作风格委婉细致，讲究韵律。诗歌代表作有《笑》《别丢掉》《莲灯》《你是人间的四月天》等。

别丢掉

别丢掉
这一把过往的热情，
现在流水似的，
轻轻
在幽冷的山泉底，
在黑夜，在松林，
叹息似的渺茫，
你仍要保存着那真！
一样是月明，
一样是隔山灯火，
满天的星，
只有人不见，
梦似的挂起，
你问黑夜要回
那一句话
——你仍得相信
山谷中留着
有那回音！

一九三二年夏
原载《大公报·文艺》1936 年 3 月 15 日

你是人间的四月天

——一句爱的赞颂

我说你是人间的四月天；
笑响点亮了四面风；轻灵
在春的光艳中交舞着变。

你是四月早天里的云烟，
黄昏吹着风的软，星子在
无意中闪，细雨点洒在花前。

那轻，那娉婷，你是，鲜妍
百花的冠冕你戴着，你是
天真，庄严，你是夜夜的月圆。

雪化后那片鹅黄，你像；新鲜
初放芽的绿，你是；柔嫩喜悦
水光浮动着你梦期待中白莲。

你是一树一树的花开，是燕
在梁间呢喃，——你是爱，是暖，
是希望，你是人间的四月天！

原载《学文》1934 年 5 月第 1 卷第 1 期

○ 陈梦家

陈梦家（1911—1966），浙江上虞人，出生于江苏南京。1932年毕业于中央大学法政系，后入燕京大学研究神学。历任青岛大学、清华大学、西南联合大学教授。与闻一多、徐志摩、朱湘一起被称为"新月派四大诗人"。诗作重视表现"自我"，音韵和谐，善于吸收格律诗特点写自由诗，对新月派的形成和发展影响较大。诗歌代表作有《一朵野花》《自己的歌》《雁子》等。出版诗集《梦家诗集》《铁马集》《梦家诗存》。

一朵野花

一朵野花在荒原里开了又落了，
不想到这小生命，向着太阳发笑，
上帝给他的聪明他自己知道，
他的欢喜，他的诗，在风前轻摇。

一朵野花在荒原里开了又落了，
他看见青天，看不见自己的渺小，
听惯风的温柔，听惯风的怒号，
就连他自己的梦也容易忘掉。

一九二九年一月
选自《梦家诗集》，新月书店1931年版

雁　子

我爱秋天的雁子
　　终夜不知疲倦；
　　（像是嘱咐，像是答应，）
　　一边叫，一边飞远。

从来不问他的歌，
　　留在哪片云上？
　　只管唱过，只管飞扬，
　　黑的天，轻的翅膀。

我情愿是只雁子，
　　一切都使忘记——
　　当我提起，当我想到：
　　不是恨，不是欢喜。

一九三〇年七月
选自《梦家诗集》，新月书店1931年版

邵洵美

邵洵美（1906—1968），浙江余姚人。新月派诗人。诗歌创作追求艳丽唯美，吟风弄月，与当时动荡起伏的革命时代背景颇不协调。出版诗集《天堂与五月》《花一般的罪恶》《诗二十五首》等。

季 候

初见你时你给我你的心，
里面是一个春天的早晨。

再见你时你给我你的话，
说不出的是炽烈的火夏。

三次见你你给我你的手，
里面藏着个叶落的深秋。

最后见你是我做的短梦，
梦里有你还有一群冬风。

选自《诗二十五首》，上海时代图书公司1936年版

梁宗岱

梁宗岱（1903—1983），笔名岳泰，广东新会人。1921年加入文学研究会。1923年入广州岭南大学。1924年赴法国留学，结识象征派诗歌大师保尔·瓦雷里。1931年回国，先后担任北京大学、清华大学、南开大学等校教授。新中国成立后，任教于中山大学、广州外国语学院。诗作基调灰暗伤感，意境朦胧，音调和谐自然，是一位在理论上自成体系的象征主义诗人。诗歌代表作为《晚祷》《白莲》等。

晚祷（二）

——呈敏慧

二

我独自地站在篱边。
主呵，在这暮霭底茫昧中。
温软的影儿恬静地来去，
牧羊儿正开始他野蔷薇底幽梦。
我独自地站在这里，
悔恨而沉思着我狂热的从前，
痴妄地采撷世界底花朵。
我只含泪地期待着——
祈望有幽微的片红
给春暮阑珊的东风
不经意地吹到我底面前：
虔诚地，轻谧地

在黄昏星忏悔底温光中
完成我感恩底晚祷。

一九二四年六月一日
选自《晚祷》，商务印书馆 1924 年版

穆木天

穆木天（1900—1971），原名穆敬熙，吉林伊通人。1918年留学日本。中国早期象征诗派代表诗人之一，创造社、中国诗歌会成员。1926年在《谭诗——寄沫若的一封信》中提出"纯诗"概念，即"纯粹的诗歌"，强调诗和散文的区别。诗歌代表作为《苍白的钟声》《落花》等。出版诗集《旅心》《流亡者之歌》《新的旅途》。

落　花

我愿透着寂静的朦胧　薄淡的浮纱，
细听着淅淅的细雨寂寂地在檐上激打，
遥对着远远吹来的空虚中的嘘叹的声音，
意识着一片片的坠下的轻轻的白色的落花。

落花掩住了藓苔、幽径、石块、沉沙。
落花吹送来白色的幽梦到寂静的人家。
落花倚着细雨的纤纤的柔腕虚虚的落下。
落花印在我们唇上，接吻的余香，啊！不要惊醒了她！

啊！不要惊醒了她，不要惊醒了落花！
任她孤独的飘荡，飘荡，飘荡，飘荡在
我们的心头，眼里，歌唱着，到处是人生的故家。
啊，到底哪里是人生的故家？啊，寂寂的听着落花！

妹妹！你愿意罢！我们永久的透着朦胧的浮纱，
细细的深尝着白色的落花深深的坠下，
你弱弱的倾依着我的胳膊，细细的听歌唱着她，

"不要忘了山巅,水涯,到处是你们的故乡,到处你们是落花。"

二五,六,九

选自《旅心》,创造社出版部 1927 年版

苍白的钟声

苍白的　钟声　衰腐的　朦胧
疏散　玲珑　荒凉的　蒙蒙的　谷中
——衰草　千重　万重——
听　永远的　荒唐的　古钟
听　千声　万声

古钟　飘散　在水波之皎皎
古钟　飘散　在灰绿的　白杨之梢
古钟　飘散　在风声之萧萧
——月影　逍遥　逍遥——
古钟　飘散　在白云之飘飘

一缕　一缕　的　腥香
水滨　枯草　荒径的　近旁
——先年的悲哀　永久的　憧憬　新艭——
听　一声　一声的　荒凉
从古钟　飘荡　飘荡　不知哪里　朦胧之乡

古钟　消散　入　丝动的　游烟
古钟　寂蛰　入　睡水的　微波　潺潺
古钟　寂蛰　入　淡淡的　远远的　云山
古钟　飘流　入　茫茫　四海　之间
——暝暝的　先年　永远的欢乐　辛酸

软软的　古钟　飞荡随　月光之波
软软的　古钟　绪绪的　人　带带之银河
——呀　远远的　古钟　反响　古乡之歌——
渺渺的　古钟　反映出　故乡之歌
远远的　古钟　入　苍茫之乡　无何

听　残朽的　古钟　在灰黄的　谷中
入　无限之　茫茫　散淡　玲珑
枯叶　衰草　随　呆呆之　北风
听　千声　万声——朦胧　朦胧——
荒唐　茫茫　败废的　永远的　故乡　之　钟声
听　黄昏之深谷中

一九二六年一月二日东海道上
选自《旅心》，创造社出版部 1927 年版

冯至

冯至（1905—1993），原名冯承植，字君培，河北涿县（现为涿州市）人。1921年入北京大学学习。1923年夏加入林如稷等主办的文学团体浅草社。1925年和杨晦、陈翔鹤等成立沉钟社，出版刊物《沉钟》《沉钟丛刊》。1930年赴德留学。历任西南联合大学、北京大学教授，中国社科院研究员。鲁迅称赞他是中国最优秀的抒情诗人。诗歌语言自然、感情细腻，注意遣词用韵，旋律舒缓柔和。出版诗集《昨日之歌》《北游及其他》《十四行集》。

我是一条小河

我是一条小河，
我无心从你的身边流过，
你无心把你彩霞般的影儿
投入了河水的柔波。

我流过一座森林，
柔波便荡荡地
把那些碧绿的叶影儿
裁剪成你的衣裳。

我流过一座花丛，
柔波便粼粼地
把那些彩色的花影儿
编织成你的花冠。

最后我终于

流入无情的大海,
海上的风又厉,浪又狂,
吹折了花冠,击碎了衣裳!

我也随了海潮漂漾,
漂漾到无边的地方;
你那彩霞般的影儿
也和幻散了的彩霞一样!

一九二五年
选自《昨日之歌》,北新书局 1927 年版

蛇

我的寂寞是一条蛇,
静静地没有言语。
你万一梦到它时,
千万啊,不要悚惧!

它是我忠诚的侣伴,
心里害着热烈的乡思:
它在想那茂密的草原——
你头上的、浓郁的乌丝。

它月影一般轻轻地,
从你那儿轻轻走过;
它把你的梦境衔了来,
像一只绯红的花朵。

一九二六年
选自《昨日之歌》,北新书局 1927 年版

十四行诗①（节选）

一 我们准备着

我们准备着深深地领受
那些意想不到的奇迹，
在漫长的岁月里忽然有
彗星的出现，狂风乍起；

我们的生命在这一瞬间，
仿佛在第一次的拥抱里
过去的悲欢忽然在眼前
凝结成屹然不动的形体。

我们赞颂那些小昆虫，
它们经过了一次交媾
或是抵御了一次危险，

便结束它们美妙的一生。
我们整个的生命在承受
狂风乍起，彗星的出现。

四 鼠曲草

我常常想到人的一生，
便不由得要向你祈祷。
你一丛白茸茸的小草
不曾辜负了一个名称；

但你躲避着一切名称，

---

① 冯至的十四行诗创作于1941年，部分诗作发表于1941年6月《文艺月刊》战时特刊。1942年5月明日社初版，1949年1月文化生活出版社重版。

过一个渺小的生活，
不辜负高贵和洁白，
默默地成就你的死生。

一切的形容、一切喧嚣
到你身边，有的就凋落，
有的化成了你的静默：

这是你伟大的骄傲
却在你的否定里完成。
我向你祈祷，为了人生。

二一　我们听着狂风里的暴雨

我们听着狂风里的暴雨，
我们在灯光下这样孤单，
我们在这小小的茅屋里，
就是和我们用具的中间

也生了千里万里的距离：
铜炉在向往深山的矿苗
瓷壶在向往江边的陶泥；
它们都像风雨中的飞鸟

各自东西。我们紧紧抱住，
好像自身也都不能自主。
狂风把一切都吹入高空，

暴雨把一切又淋入泥土，
只剩下这点微弱的灯红
在证实我们生命的暂住。

一九四一年·昆明
选自《十四行集》，文化生活出版社 1949 年版

王独清

王独清(1898—1940),原名王诚,陕西蒲城人。1915年东渡日本。1920年留学法国,开始新诗创作。1926年于广州,经郑伯奇介绍加入创造社,主编《创造月刊》,成为该社后期主要诗人之一。诗歌代表作有《我从café中出来》《零乱章》等。出版诗集《圣母像前》《死前》《锻炼》《零乱章》等。

我从 Café① 中出来

我从 Café 中出来,
身上添了
中酒的
疲乏,
我不知道
向那一处走去,才是我底
暂时的住家……
啊,冷静的街衢,
黄昏,细雨!

我从 Café 中出来,
在带着醉
无言地
独走,
我底心内
感到一种,要失了故国的

---

① café:法语,咖啡馆。

浪人底哀愁……
啊,冷静的街衢,
黄昏,细雨!

选自《圣母像前》,上海光华书局 1926 年版

李金发

李金发（1900—1976），原名李淑良，广东梅县人。中国早期象征诗派代表诗人之一。早期诗作受法国象征主义影响，以抒写直觉为主，诗意朦胧，语言晦涩，注重暗示和隐喻，充满想象的跳跃。诗歌代表作为《弃妇》《琴的哀》《生之疲乏》《有感》等。出版诗集《微雨》《为幸福而歌》《食客与凶年》。其中，1925年11月出版的《微雨》最早将法国象征派诗带进中国诗坛。

弃 妇

长发披遍我两眼之前，
遂隔断了一切羞恶之疾视，
与鲜血之急流，枯骨之沉睡。
黑夜与蚊虫联步徐来，
越此短墙之角，
狂呼在我清白之耳后，
如荒野狂风怒号：
战栗了无数游牧。

靠一根草儿，与上帝之灵往返在空谷里。
我的哀戚惟游蜂之脑能深印着；
或与山泉长泻在悬崖，
然后随红叶而俱去。
弃妇之隐忧堆积在动作上，
夕阳之火不能把时间之烦闷
化成灰烬，从烟突里飞去，
长染在游鸦之羽，

将同栖止于海啸之石上，
静听舟子之歌。
衰老的裙裾发出哀吟，
徜徉在丘墓之侧，
永无热泪，
点滴在草地
为世界之装饰。

选自《微雨》，北新书局1925年版

琴的哀

微雨溅湿帘幕，
正是溅湿我的心。
不相干的风，
踱过窗儿作响，
把我的琴声，
也震得不成音了！

奏到最高音的时候，
似乎预示人生的美满。
露不出日光的天空，
白云正摇荡着，
我的期望将太阳般露出来。

我的一切的忧愁，
无端的恐怖，
她们并不能了解呵。
我若走到原野上时，
琴声定是中止，或柔弱地继续着。

选自《微雨》，北新书局1925年版

里昂车中

细弱的灯光凄清地照遍一切,
使其粉红的小臂,变成灰白。
软帽的影儿,遮住她们的脸孔,
如同月在云里消失!

朦胧的世界之影,
在不可勾留的片刻中,
远离了我们,
毫不思索。

山谷的疲乏惟有月的余光,
和长条之摇曳,
使其深睡。
草地的浅绿,照耀在杜鹃的羽上;
车轮的闹声,撕碎一切沉寂;
远市的灯光闪耀在小窗之口,
惟无力显露倦睡人的小颊,
和深沉在心之底的烦闷。

呵,无情之夜气,
蜷伏了我的羽翼。
细流之鸣声,
与行云之漂泊,
长使我的金发褪色么?

在不认识的远处,
月儿似钩心斗角的遍照,
万人欢笑,
万人悲哭,
同躲在一具儿,——模糊的黑影

辨不出是鲜血,
是流萤!

选自《微雨》,北新书局 1925 年版

夜之歌

我们散步在死草上
悲愤纠缠在膝下。

粉红之记忆,
如道旁朽兽,发出奇臭。

遍布在小城里,
扰醒了无数甜睡。

我已破之心轮,
永转动在泥污下。

不可辨之辙迹,
惟温爱之影长印着。

噫吁!数千年如一日之月色,
终久明白我的想象,

任我在世界之一角,
你必把我的影儿倒映在无味之沙石上。

但这不变之反照,衬出屋后之深黑,
亦太机械而可笑了。

大神！起你的铁锚，
我烦厌诸生物之污气。

疾步之足音，
扰乱之琴之悠扬。

神奇之年岁，
我将食园中香草而了之；

彼人已失其心，
混杂在行商之背而远走。

大家辜负，
留下静寂之仇视。

任"海誓山盟，"
"桥溪人语，"

你总把灵魂儿，
遮住可怖之岩穴，

或一齐老死于沟壑，
如落魄之豪士。

但我们之躯体
既偏染硝矿。

枯老之池沼里，
终能得一休息之藏所么？

一九二二年，Dijon.
选自《微雨》，北新书局 1925 年版

有 感

如残叶溅
　血在我们
　　脚上，

生命便是
　死神唇边
　　的笑。

半死的月下，
　载饮载歌，
　　裂喉的音
随北风飘散。
　　　　吁！
　抚慰你所爱的去。
开你户牖
　使其羞怯，
　　征尘蒙其
　　　可爱之眼了。
此是生命
　之羞怯
　　与愤怒么？

如残叶溅
　血在我们
　　脚上。

生命便是
　死神唇边
　　的笑。

选自《为幸福而歌》，商务印书馆 1926 年版

冯乃超

冯乃超(1901—1983),笔名冯公越、冯子韬等,广东南海人。创造社后期重要成员。1924年,考入日本东京帝国大学哲学科,后改学美术,开始新诗创作。1926年起在《创造月刊》发表诗歌。1927年回国。1930年与鲁迅等筹建中国左翼作家联盟。1951年在中山大学工作。出版诗集《红纱灯》。

红纱灯

森严的黑暗的深奥的深奥的殿堂之中央
红纱的古灯微明地玲珑地点在午夜之心

苦恼的沉默呻吟在夜影的睡眠之中
我听得鬼魅魑魅的跫声舞蹈在半空

乌云丛簇地丛簇地盖着蛋白色的月亮
白练满河流若伏在野边的裸体的尸僵

红纱的古灯缓缓地渐渐地放大了光晕
森严的黑暗的殿堂撒满了庄重的黄金

愁寂地静悄地黑衣的尼姑渡过了长廊
一步一声怎的悠久又怎的消灭无踪

我看见在森严的黑暗的殿堂的神龛
明灭地惝恍地一盏红纱的灯光颤动

选自《红纱灯》,创造社出版部1928年版

施蛰存

施蛰存（1905—2003），名德普，浙江杭州人。1926年入震旦大学学习，与戴望舒等创办《璎珞》旬刊。1930年主编《现代》杂志，并创作意象诗和新感觉派小说。后主要从事古典文学研究，是著名的文学家、翻译家。

银 鱼

横陈在菜市里的银鱼，
土耳其风的女浴场。

银鱼，堆成了柔白的床巾，
魅人的小眼睛从四面八方投过来。

银鱼，初恋的少女，
连心都要袒露出来了。

原载《现代》1932年6月第1卷第2期

桥 洞

小小的乌篷船,
穿过了秋晨的薄雾,
要驶进古风的桥洞了。

桥洞是神秘的东西哪
经过了它,谁知道呢,
我们将看见些什么?

风波险恶的大江吗?
纯朴肃穆的小镇市吗?
还是美丽而荒芜的平原?

我们看见殷红的乌桕子了,
我们看见白雪的芦花了,
我们看见绿玉的翠鸟了,
感谢天,我们底旅程,
是在同样平静的水道中。

但是,当我们还在微笑的时候,
穿过了秋晨的薄雾,
幻异地在庞大起来的,
一个新的神秘的桥洞显现了,
于是,我们又给忧郁病侵入了。

原载《现代》1932 年 6 月第 1 卷第 2 期

○ 戴望舒

戴望舒（1905—1950），原名戴梦鸥，字朝安，浙江杭州人。中国现代派代表诗人之一。1926年同施蛰存、杜衡创办《璎珞》旬刊，后参加《现代》的编辑工作。1932年赴法留学。1936年与卞之琳、孙大雨等创办《新诗》月刊。抗日战争爆发后南下香港，先后主编《大公报》《大众日报》等报的副刊。诗作注重意境的创造和语言的锤炼，讲究节奏和音乐性，有较强的艺术感染力。出版诗集《我底记忆》《望舒草》《望舒诗稿》《灾难的岁月》。

我底记忆

我底记忆是忠实于我的，
忠实得甚于我最好的友人。

它存在在燃着的烟卷上，
它存在在绘着百合花的笔杆上，
它存在在破旧的粉盒上，
它存在在颓垣的木莓上，
它存在在喝了一半的酒瓶上，
在撕碎的往日的诗稿上，在压干的花片上，
在凄暗的灯上，在平静的水上，
在一切有灵魂没有灵魂的东西上，
它在到处生存着，像我在这世界一样。

它是胆小的，它怕着人们底喧嚣，
但在寂寥时，它便对我来作密切的拜访。
它底声音是低微的，

但它底话是很长,很长,
很多,很琐碎,而且永远不肯休:
它底话是古旧的,老是讲着同样的故事,
它底音调是和谐的,老是唱着同样的曲子,
有时它还模仿着爱娇的少女底声音,
它底声音是没有气力的,
而且还夹着眼泪,夹着太息。

它底拜访是没有一定的,
在任何时间,在任何地点,
甚至当我已上床,朦胧地想睡了;
或是选一个大清早,
人们会说它没有礼貌,
但是我们是老朋友。

它是琐琐地永远不肯休止的,
除非我凄凄地哭了,或是沉沉地睡了;
但是我永远不讨厌它,
因为它是忠实于我的。

选自《我底记忆》,水沫书店 1929 年出版

雨 巷

撑着油纸伞,独自
彷徨在悠长,悠长
又寂寥的雨巷,
我希望逢着
一个丁香一样地
结着愁怨的姑娘。

她是有
丁香一样的颜色，
丁香一样的芬芳，
丁香一样的忧愁，
在雨中哀怨，
哀怨又彷徨；

她彷徨在这寂寥的雨巷，
撑着油纸伞
像我一样，
像我一样地
默默彳亍着，
冷漠，凄清，又惆怅。

她默默地走近
走近，又投出
太息一般的眼光，
她飘过
像梦一般地，
像梦一般地凄婉迷茫。

像梦中飘过
一枝丁香地，
我身旁飘过这女郎；
她静默地远了，远了，
到了颓圮的篱墙，
走尽这雨巷。

在雨的哀曲里，
消了她的颜色，
散了她的芬芳，
消散了，甚至她的
太息般的眼光，
丁香般的惆怅。

撑着油纸伞，独自
彷徨在悠长，悠长

又寂寥的雨巷，
我希望飘过
一个丁香一样地
结着愁怨的姑娘。

原载《小说月报》1928 年 8 月号

烦　忧

说是寂寞的秋的悒郁，
说是辽远的海的怀念。
假如有人问我的烦忧的原故，
我不敢说出你的名字。

我不敢说出你的名字，
假如有人问我的烦忧的原故：
说是辽远的海的怀念，
说是寂寞的秋的悒郁。

选自《望舒草》，现代书局 1933 年版

我用残损的手掌

我用残损的手掌
摸索这广大的土地:
这一角已变成灰烬,
那一角只是血和泥;
这一片湖该是我的家乡,
(春天,堤上繁花如锦幛,
嫩柳枝折断有奇异的芬芳,)
我触到荇藻和水的微凉;
这长白山的雪峰冷到彻骨,
这黄河的水夹泥沙在指间滑出;
江南的水田,你当年新生的禾草
是那么细,那么软……现在只有蓬蒿;
岭南的荔枝花寂寞地憔悴,
尽那边,我蘸着南海没有渔船的苦水……
无形的手掌掠过无限的江山,
手指沾了血和灰,手掌沾了阴暗,
只有那辽远的一角依然完整,
温暖,明朗,坚固而蓬勃生春。
在那上面,我用残损的手掌轻抚,
像恋人的柔发,婴孩手中乳。
我把全部的力量运在手掌
贴在上面,寄与爱和一切希望,
因为只有那里是太阳,是春,
将驱逐阴暗,带来苏生,
因为只有那里我们不像牲口一样活,
蝼蚁一样死……那里,永恒的中国!

一九四二年七月三日
选自《灾难的岁月》,星群出版社 1948 年版

萧红墓畔口占①

走六小时寂寞的长途，
到你头边放一束红山茶，
我等待着，长夜漫漫，
你却卧听着海涛闲话。

一九四四年十一月二十日
选自《灾难的岁月》，星群出版社 1948 年版

偶　成

如果生命的春天重到，
古旧的凝冰都哗哗地解冻，
那时我会再看见灿烂的微笑，
再听见明朗的呼唤——这些迢遥的梦。

这些好东西都决不会消失，
因为一切好东西都永远存在，
它们只是像冰一样凝结，
而有一天会像花一样重开。

一九四五年五月三十一日
选自《灾难的岁月》，星群出版社 1948 年版

---

① 此诗题作"口占"，似乎是诗人在墓地即目所见，出口成章，没有经过长期的思索和酝酿。

卞之琳

卞之琳(1910—2000),曾用笔名季陵等,江苏海门人。"汉园三诗人"之一。1929年考入北京大学英文系,次年开始写诗,处女作《纪录》。1936年与何其芳、李广田合出诗集《汉园集》。1940年后在西南联合大学、南开大学任教。1947年赴牛津大学,回国后主要从事外国文学研究与翻译。早期诗作情绪忧伤,语言晦涩,追求艺术的形式美,后期诗风有所转变。诗歌代表作有《鱼化石》《断章》《距离的组织》《雨同我》等。出版诗集《三秋草》《鱼目集》《慰劳信集》《十年诗草》《雕虫纪历》等。

断 章

你站在桥上看风景,
看风景的人在楼上看你。

明月装饰了你的窗子,
你装饰了别人的梦。

选自《鱼目集》,文化生活出版社1935年版

距离的组织

想独上高楼读一遍《罗马衰亡史》，
忽有罗马灭亡星出现在报上。
报纸落。地图开，因想起远人的嘱咐。
寄来的风景也暮色苍茫了。
（"醒来天欲暮，无聊，一访友人吧。"）
灰色的天。灰色的海。灰色的路。
哪儿了？我又不会向灯下验一把土。
忽听得一千重门外有自己的名字。
好累呵！我的盆舟没有人戏弄吗？
友人带来了雪意和五点钟。

一月九日
选自《鱼目集》，文化生活出版社 1935 年版

鱼化石

我要有你的怀抱的形状，
我往往溶化于水的线条。
你真像镜子一样的爱我呢，
你我都远了乃有了鱼化石。

一九三六年六月四日
选自《雕虫纪历》（增订版），人民文学出版社 1982 年版

白螺壳

空灵的白螺壳
孔眼里不留纤尘,
漏到了我的手里
却有一千种感情:
掌心里波涛汹涌,
我感叹你的神工,
你的慧心啊,大海,
你细到可以穿珠!
我也不禁要惊呼:
"你这个洁癖啊,唉!"

请看这一湖烟雨
水一样把我浸透,
像浸透一片鸟羽。
我仿佛一所小楼
风穿过,柳絮穿过,
燕子穿过像穿梭,
楼中也许有珍本,
书页给银鱼穿织,
从爱字到哀字——
出脱空华不就成!

玲珑吗,白螺壳,我?
大海送我到海滩,
万一落到人掌握,
愿得原始人喜欢,
换一只山羊还差
三十分之二十八,
倒是值一只盘桃。
怕给多思者想起:

空灵的白螺壳,你
带起了我的愁潮!

我梦见你的阑珊:
檐溜滴穿的石阶,
绳子锯缺的井栏……
时间磨透于忍耐!
黄色还诸小鸡雏,
青色还诸小碧梧,
玫瑰色还诸玫瑰,
可是你回顾道旁,
柔嫩的蔷薇刺上
还挂着你的宿泪。

一九三七年五月
选自《雕虫纪历》(增订版),人民文学出版社 1982 年版

圆宝盒

我幻想在哪儿(天河里?)
捞到了一只圆宝盒,
装的是几颗珍珠:
一颗晶莹的水银
掩有全世界的色相,
一颗金黄的灯火
笼罩有一场华宴,
一颗新鲜的雨点
含有你昨夜的叹气……
别上什么钟表店
听你的青春被蚕食,
别上什么古董铺

买你家祖父的旧摆设。
你看我的圆宝盒
跟了我的船顺流
而行了，虽然舱里人
永远在蓝天的怀里，
虽然你们的握手
是桥——是桥！可是桥
也搭在我的圆宝盒里；
而我的圆宝盒在你们
或他们也许也就是
好挂在耳边的一颗
珍珠——宝石？——星？

七月八日

选自《雕虫纪历》（增订版），人民文学出版社 1982 年版

○ 李广田

李广田（1906—1968），号洗岑，山东邹平人。1930年入北京大学外语系学习，同时开始文学创作。写有诗歌、小说、散文等，并从事文学理论研究。是现代优秀的散文作家，也是重要的诗人。与北京大学学友卞之琳、何其芳合出诗集《汉园集》。出版诗集《春城集》。

地之子

我是生自土中，
来自田间的，
这大地，我的母亲，
我对她有着作为人子的深情。
我爱着这地面上的沙壤，湿软软的，
我的襁褓；
更爱着绿绒绒的田禾，野草，
保姆的怀抱。
我愿安息在这土地上，
在这人类的田野里生长，
生长又死亡。

我在地上，
昂了首，望着天上。
望着白的云，
彩色的虹，
也望着碧蓝的晴空。
但我的脚却永踏着土地，

我永嗅着人间的土的气息。
我无心于住在天国里，
因为住在天国时
便失掉了天国，
且失掉了我的母亲，这土地。

一九三三年春
选自《汉园集》，商务印书馆 1936 年版

何其芳

何其芳（1912—1977），原名何永芳，四川万县（今属重庆）人。"汉园三诗人"之一。早在学生时代即从事诗歌创作，早期作品鲜明地表现出一个小资产阶级知识青年的思想感情和个性，讲究诗歌的形式、韵律，注重意象的营造。诗歌代表作有《预言》《爱情》《夜歌》《成都，让我把你摇醒》等。出版诗集《预言》《夜歌》《夜歌和白天的歌》等。

预 言

这一个心跳的日子终于来临！
呵，你夜的叹息似的渐近的足音
我听得清不是林叶和夜风私语，
麋鹿驰过苔径的细碎的蹄声！
告诉我，用你银铃的歌声告诉我，
你是不是预言中的年轻的神？

你一定来自那温郁的南方，
告诉我那儿的月色，那儿的日光，
告诉我春风是怎样吹开百花，
燕子是怎样痴恋着绿杨，
我将合眼睡在你如梦的歌声里，
那温暖我似乎记得，又似乎遗忘。

请停下，停下你疲劳的奔波，
进来，这儿有虎皮的褥你坐！
让我烧起每一个秋天拾来的落叶，

听我低低地唱起我自己的歌，
那歌声将火光一样沉郁又高扬，
火光一样将我的一生诉说。

不要前行！前面是无边的森林，
古老的树现着野兽身上的斑纹，
半生半死的藤蟒一样交缠着，
密叶里漏不下一颗星星。
你将怯怯地不敢放下第二步，
当你听见了第一步空寥的回声。

一定要走吗？请等我和你同行！
我的脚步知道每条熟悉的路径，
我可以不停地唱着忘倦的歌，
再给你，再给你手的温存。
当夜的浓黑遮断了我们，
你可以不转眼地望着我的眼睛。

我激动的歌声你竟不听，
你的脚竟不为我的颤抖暂停！
像静穆的微风飘过这黄昏里，
消失了，消失了你骄傲的足音！
呵，你终于如预言中所说的无语而来，
无语而去了吗，年轻的神？

一九三一年秋天·北平
选自《汉园集》，商务印书馆 1936 年版

季候病[①]

说我是害着病，我不回一声否。
说是一种刻骨的相思，恋中的征候。
但是谁的一角轻扬的裙衣，
我郁郁的梦魂日夜萦系？
谁的流盼的黑睛像牧女的笛声
呼唤着驯服的羊群，我可怜的心？
不，我是梦着，忆着，怀想着秋天！
九月的晴空是多么高，多么圆！
我的灵魂将多么轻轻地举起，飞翔，
穿过白露的空气，如我叹息的目光！
南方的乔木都落下如掌的红叶，
一径马蹄踏破深山的沉默
或者一湾小溪流着透明的忧愁，
有若渐渐地舒解，又若更深地绸缪……

过了春又到了夏，我在暗暗地憔悴，
迷漠地怀想着，不做声，也不流泪！

一九三二年

选自《中国新诗库·第3辑·何其芳卷》，长江文艺出版社1991年版

---

① 此诗收入《预言》时，诗题改为"秋天"。

花　环

（放在一个小坟上）

开落在幽谷里的花最香，
无人记忆的朝露最有光，
我说你是幸福的，小玲玲，
没有照过影子的小溪最清亮。

你梦过绿藤缘进你窗里，
金色的小花坠落到发上。
你为檐雨说出的故事感动，
你爱寂寞，寂寞的星光。

你有珍珠似的少女的泪，
常流着没有名字的悲伤。
你有美丽得使你忧愁的日子，
你有更美丽的夭亡。

一九三三年九月十九日夜
选自《汉园集》，商务印书馆 1936 年版

○ 林 庚

林庚(1910—2006),字静希,原籍福建闽侯,生于北京。现代诗人,文学史家。1928年入清华大学学习,曾创办《文学月刊》。1933年毕业后留校任助教,同时任《文学季刊》编辑。1934年以后,作为一名自由诗体的新诗人尝试新的格律体。出版诗集《夜》《春野与窗》《北平情歌》《冬眠曲及其他》《林庚诗选》等。

春天的心

春天的心如草的荒芜
随便的踏出门去
美丽的东西随处可以拣起来
少女的心情是不能说的
天上的雨点常是落下
而且不定落在谁的身上
路上的行人都打着雨伞
车上的邂逅多是不相识的
含情的眼睛未必为着谁
潮湿的桃花乃有胭脂的颜色
水珠斜落在玻璃车窗上
江南的雨天是爱人的

选自《春野与窗》,文学评论社1934年版

风雨之夕

濛濛的路灯下
看见雨丝的线条
今夜的海岸边
一只无名的小船漂去了

高楼的窗子里有人拿起帽子
独自
轻轻的脚步
纸伞上的声音……
雾中的水珠被风打散
拂上清寒的马鬃
今夜的海岸边
一只无名的小船漂去了

选自《林庚诗选》，人民文学出版社1985年版

废名

废名（1901—1967），原名冯文炳，湖北黄梅人。师从周作人，曾为语丝社成员，"京派文学"开创者之一。在小说、散文和诗歌领域皆有极高的造诣。文辞朴素而幽深，诗歌多融儒释道为一体，以禅入诗，晦涩难懂，有现代主义之风。出版诗集《水边》（与开元合著）、诗文集《招隐集》。

飞 尘

不是想说着空山灵雨，
也不是想着虚谷足音，
又是一番意中糟粕，
依然是宇宙的尘土，——
檐外一声麻雀叫唤，
是的，诗稿请纸灰飞扬了。
虚空是一点爱惜的深心。
宇宙是一颗不损坏的飞尘。

一九二五年十月二十三日
原载《新诗》1936 年 12 月 10 日第 1 卷第 3 期

十二月十九夜

深夜一枝灯,
若高山流水,
有身外之海。
星之室是鸟林,
是花,是鱼,
是天上的梦,
海是夜的镜子。
思想是一个美人,
是家,
是日,
是月,
是灯,
是炉火,
炉火是墙上的树影,
是冬夜的声音。

一九三六年
选自《水边》,新民印书馆1944年版

灯

深夜读书
释手一本老子道德经之后，
若抛却吉凶悔吝
相晤一室。
太疏远莫若拈花一笑了，
有鱼之与水，
猫不捕鱼，
又记起去年冬夜里地席上看见一只小耗子走路，
夜贩的叫卖声又做了宇宙的言语，
又想起一个年青人的诗句
"鱼乃水之花。"
灯光好像写了一首诗，
他寂寞我不读他。
我笑曰，我敬重你的光明。
我的灯又叫我听街上敲梆人。

原载《新诗》1937年3月10日第1卷第6期

○ 金克木

金克木（1912—2000），字止默，笔名辛竹，安徽寿县人。中国现代派诗人之一，著名学者、翻译家。出版诗集《蝙蝠集》《雨雪集》。

生　命

生命是一粒白点儿，
在悠悠碧落里，
神秘地展成云片了。

生命是在湖的烟波里，
在飘摇的小艇中。

生命是低气压的太息，
是伴着芦苇啜泣的呵欠。

生命是在被擎着的纸烟尾上了，
依着袅袅升去的青烟。

生命是九月里的蟋蟀声，
一丝丝一丝丝的随着西风消逝去。

选自《现代派诗选》，人民文学出版社1986年版

纪 弦

纪弦（1913—2013），原名路逾，生于河北清苑。1929年以路易士为笔名开始写诗，抗日战争胜利后始用纪弦之名写稿。现代派诗人，诗作极有韵味，且注重创新，诗风明快，语言诙谐，手法独特，在台湾诗坛享有极高声誉。出版诗集《易士诗集》《火灾的城》《三十前集》《摘星的少年》《半岛之歌》等。

乌 鸦

乌鸦来了，
唱黑色之歌；
投我的悲哀在地上，
碎如落叶。

片片落叶上，
驮着窒息的梦；
疲惫烦重的心，
乃乘鸦背以远飏。

选自《纪弦自选集》，黎明文化事业公司1978年版

你的名字

用了世界上最轻最轻的声音,
轻轻地唤你的名字每夜每夜。

写你的名字,
画你的名字,
而梦见的是你的发光的名字:

如日,如星,你的名字。
如灯,如钻石,你的名字。
如缤纷的火花,如闪电,你的名字。
如原始森林的燃烧,你的名字。

刻你的名字!
刻你的名字在树上。
刻你的名字在不凋的生命树上。
当这植物长成了参天的古木时,
呵呵,多好,多好,
你的名字也大起来。

大起来了,你的名字。
亮起来了,你的名字。
于是,轻轻轻轻轻轻地唤你的名字。

选自《纪弦自选集》,黎明文化事业公司 1978 年版

○ 蒋光慈

蒋光慈（1901—1931），安徽金寨人。1928年与阿英、孟超等组织太阳社，编辑《太阳月刊》《时代文艺》《拓荒者》等杂志，宣传革命文学。出版诗集《新梦》《哀中国》。

哀中国

我的悲哀的中国！
我的悲哀的中国！
你怀拥着无限美丽的天然，
你的形象如何浩大而磅礴！
你身上排列着许多蜿蜒的江河，
你身上耸峙着许多郁秀的山岳。
但是现在啊，
江河只流着很呜咽的悲音，
山岳的颜色更惨淡而寥落！

满国中外邦的旗帜乱飞扬，
满国中外人的气焰好猖狂！
旅顺大连不是中国人的土地么？
可是久已做了外国人的军港；
法国花园不是中国人的土地么？
可是不准穿中服的人们游逛。
哎哟！中国人是奴隶啊！
为什么这般自甘屈服？
为什么这般萎靡颓唐？

满国中到处起烽烟，
满国中景象好凄惨！
恶魔的军阀只是互相攻打啊，
可怜的小百姓的身家性命不值钱！
卑贱的政客只是图谋私利啊，
哪管什么葬送了这锦绣的河山？
朋友们，提起来我的心头寒，——
我的悲哀的中国啊！
你几时才跳出这黑暗之深渊？

东望望罢，那里是被压迫的高丽；
南望望罢，那里是受欺凌的印度；
哎哟！亡国之惨不堪重述啊！
我忧中国将沦于万劫而不复。
我愿跑到那昆仑之高巅，
做唤醒同胞迷梦之号呼；
我愿倾泻那东海之洪波，
洗一洗中华民族的懒骨。
我啊！我羞长此沉默以终古！

易水萧萧啊，壮士吞仇敌；
燕山巍巍啊，吓退匈奴夷；
回思往古不少轰烈事，
中华民族原有反抗力。
却不料而今全国无声息。
大家熙熙然甘愿为奴隶！
哎哟！我是中国人，
我为中国命运放悲歌，
我为中华民族三叹息。

寒风凛冽啊，吹我衣；
黄花低头啊，暗无语；
我今枉为一诗人，
不能保国当愧死！
拜伦曾为希腊羞，
我今更为中国泣。

哎哟!我的悲哀的中国啊!
我不相信你永远沉沦于浩劫,
我不相信你永无重兴之一日。

一九二四年十一月二十一日
选自《新梦·哀中国》,人民文学出版社 1983 年版

殷 夫

殷夫（1909—1931），原名徐柏庭，浙江象山人。无产阶级革命诗人、"左联五烈士"之一。1928年加入太阳社。1930年参加中国左翼作家联盟，并任团中央刊物《列宁青年》编辑，常为《萌芽》《拓荒者》等写稿。早期诗歌多是歌唱爱情和故乡，参加革命后，创作了很多政治鼓动诗，节奏明快，笔力雄伟、刚健清新。出版诗集《孩儿塔》《伏尔加的黑浪》等。

血 字

血液写成的大字，
斜斜地躺在南京路，
这个难忘的日子——
润饰着一年一度……

血液写成的大字，
刻划着千万声的高呼，
这个难忘的日子——
几万个心灵暴怒……

血液写成的大字，
记录着冲突的经过，
这个难忘的日子——
狞笑着几多叛徒……

"五卅"哟！
立起来，在南京路走！

把你血的光芒射到天的尽头，
把你刚强的姿态投映到黄浦江口，
把你的洪钟般的预言震动宇宙！

今日他们的天堂，
他日他们的地狱，
今日我们的血液写成字，
异日他们的泪水可入浴。

我是一个叛乱的开始，
我也是历史的长子，
我是海燕，
我是时代的尖刺。

"五"要成为报复的枷子，
"卅"要成为囚禁仇敌的铁栅，
"五"要分成镰刀和铁锤，
"卅"要成为断铐和炮弹！……

四年的血液润饰够了，
两个血字不该再放光辉，
千万的心音够坚决了，
这个日子应该即刻销毁！

一九二九年五月
原载《拓荒者》1930年第4、5期合刊

别了,哥哥

(算作是向一个 Class① 的告别词吧!)

别了,我最亲爱的哥哥,
你的来函促成了我的决心,
恨的是不能握一握最后的手,
再独立地向前途踏进。

二十年来手足的爱和怜,
二十年来的保护和抚养,
请在这最后的一滴泪水里,
收回吧,作为噩梦一场。

你诚意的教导使我感激,
你牺牲的培植使我钦佩,
但这不能留住我不向你告别,
我不能不向别方转变。

在你的一方,哟,哥哥,
有的是,安逸,功业和名号,
是治者们荣赏的爵禄,
或是薄纸糊成的高帽。

只要我,答应一声说,
"我进去听指示的圈套"
我很容易能够获得一切,
从名号直至纸帽。

但你的弟弟现在饥渴,

---

① 英语,即阶级。

饥渴着的是永久的真理，
不要荣誉，不要功建，
只望向真理的王国进礼。

因此机械的悲鸣扰了他的美梦，
因此劳苦群众的呼号震动心灵，
因此他尽日尽夜地忧愁，
想做个 Prothemua① 偷给人间以光明。

真理和愤怒使他强硬，
他再不怕天帝的咆哮，
他要牺牲去他的生命，
更不要那纸糊的高帽。

这，就是你弟弟的前途，
这前途满站着危崖荆棘，
又有的是黑的死，和白的骨，
又有的是砭人肌筋的冰雹风雪。

但他决心要踏上前去，
真理的伟光在地平线下闪照，
死的恐怖都辟易远退，
热的心火会把冰雪溶消。

别了，哥哥，别了，
此后各走前途，
再见的机会是在，
当我们和你隶属着的阶级交了战火。

一九二九，四，十二
原载《拓荒者》1930 年第 4、5 期合刊

---

① 即普罗米修斯，希腊神话中的巨人，因盗窃神火给人类，为宙斯所系高加索山上。

臧克家

臧克家(1905—2004),曾用笔名臧承志、臧爱望、何嘉等。山东潍坊诸城人。1932年开始发表新诗。抗日战争爆发后,奔赴前线,从事"抗战"文艺工作。新中国成立后任《诗刊》主编。诗作多以富有社会意义的生活片断构思意境,吸取中国古典诗歌和民歌的特点,重视炼字,形成诗句质朴凝结、意象丰富鲜活、感受独到深刻的美术风格。诗歌代表作有《三代》《老马》《有的人》。出版诗集《烙印》《罪恶的黑手》《生命的零度》《凯旋》等。

难 民

日头堕到鸟巢里,
黄昏还没溶尽归鸦的翅膀,
陌生的道路,无归宿的薄暮,
把这群人度到这座古镇上。
沉重的影子,扎根在大街两旁,
一簇一簇,像秋郊的禾堆一样,
静静的,孤寂的,支撑着一个大的凄凉。
满染征尘的古怪的服装,
告诉了他们的来历,
一张一张兜着阴影的脸皮,
说尽了他们的情况。
螺丝的炊烟牵动着一串亲热的眼光,
在这群人心上抽出了一个不忍的想象:
"这时,黄昏正徘徊在古树梢头,
从无烟火的屋顶慢慢地涨大到无边,
接着,阴森的凄凉吞了可怜的故乡。"

铁力的疲倦，连人和想象一齐推入了朦胧，
但是，更猛烈的饥饿立刻又把他们牵回了异乡。
像一个天神从梦里落到这群人身旁，
一只灰色的影子，手里亮着一支长枪。
一个小声，在他们耳中开出天大的响：
"年头不对，不敢留生人在镇上。"
"唉！人到那里，灾荒到那里！"
一阵叹息，黄昏更加了苍茫。
一步一步，这群人走下了大街，
走开了这异乡，
小孩子的哭声乱了大人的心肠，
铁门的响声截断了最后一人的脚步，
这时，黑夜爬过了古镇的围墙。

一九三二年二月，古琅琊
选自《烙印》，开明书店 1934 年版

老 马

总得叫大车装个够，
他横竖不说一句话，
背上的压力往肉里扣，
他把头沉重地垂下！

这刻不知道下刻的命，
他有泪只往心里咽，
眼里飘来一道鞭影，
他抬起头望望前面。

一九三二年四月
选自《烙印》，开明书店 1934 年版

三 代

孩子
在土里洗澡；
爸爸
在土里流汗；
爷爷
在土里埋葬。

一九四二年
选自《泥土的歌》，今日文艺 1943 年版

有的人

——纪念鲁迅有感

有的人活着
他已经死了；
有的人死了
他还活着。

有的人
骑在人民头上："呵，我多伟大！"
有的人
俯下身子给人民当牛马。

有的人
把名字刻入石头想"不朽";
有的人
情愿作野草,等着地下的火烧。

有的人
他活着别人就不能活;
有的人
他活着为了多数人更好的活。

骑在人民头上的,
人民把他摔垮;
给人民作牛马的,
人民永远记住他!

把名字刻入石头的,
名字比尸首烂得更早;
只要春风吹到的地方,
到处是青青的野草。

他活着别人就不能活的人,
他的下场可以看到;
他活着为了多数人更好地活着的人,
群众把他抬举得很高,很高。

一九四九年十月下旬于北京
选自《臧克家诗选》,作家出版社 1954 年版

○ 艾 青

艾青（1910—1996），原名蒋海澄，浙江金华人。1928年中学毕业后考入国立杭州西湖艺术院。后赴法国勤工俭学，学习绘画，接触西方现代诗歌。1932年1月发表诗歌处女作《会合》。1932年5月在上海加入中国左翼美术家联盟，不久被捕入狱，在狱中写下《大堰河——我的保姆》。早期诗作风格浑厚质朴，调子沉重忧郁，但对生活充满希望。抗日战争时期的诗作，格调高扬。新中国成立后，诗歌以讴歌光明为主，感情炽烈。出版诗集《大堰河》《北方》《向太阳》《黎明的通知》《归来的歌》《雪莲》等。

大堰河

——我的保姆

大堰河，是我的保姆。
她的名字就是生她的村庄的名字，
她是童养媳，
大堰河，是我的保姆。

我是地主的儿子；
也是吃了大堰河的奶而长大了的
大堰河的儿子。
大堰河以养育我而养育她的家，
而我，是吃了你的奶而被养育了的，
大堰河啊，我的保姆。

大堰河，今天我看到雪使我想起了你：

你的被雪压着的草盖的坟墓，
你的关闭了的故居檐头的枯死的瓦菲，
你的被典押了的一丈平方的园地，
你的门前的长了青苔的石椅，
大堰河，今天我看到雪使我想起了你。

你用你厚大的手掌把我抱在怀里，抚摸我，
在你搭好了灶火之后，
在你拍去了围裙上的炭灰之后，
在你尝到饭已煮熟了之后，
在你把乌黑的酱碗放到乌黑的桌子上之后，
在你补好了儿子们的，为山腰的荆棘扯破的衣服之后，
在你把小儿被柴刀砍伤了的手包好之后，
在你把夫儿们的衬衣上的虱子一颗颗的掐死之后，
在你拿起了今天的第一颗鸡蛋之后，
你用你厚大的手掌把我抱在怀里，抚摸我。

我是地主的儿子，
在我吃光了你大堰河的奶之后，
我被生我的父母领回到自己的家里。
啊，大堰河，你为什么要哭？

我做了生我的父母家里的新客了！
我摸着红漆雕花的家具，
我摸着父母的睡床上金色的花纹，
我呆呆的看着檐头的写着我不认得的"天伦叙乐"的匾，
我摸着新换上的衣服的丝的和贝壳的钮扣，
我看着母亲怀里的不熟识的妹妹，
我坐着油漆过的安了火钵的炕凳，
我吃着碾了三番的白米的饭，
但，我是这般忸怩不安！因为我
我做了生我的父母家里的新客了。

大堰河，为了生活，
在她流尽了她的乳液之后，
她就开始用抱过我的两臂劳动了；
她含着笑，洗着我们的衣服，

她含着笑，提着菜篮到村边的结冰的池塘去，
她含着笑，切着冰屑悉索的萝卜，
她含着笑，用手掏着猪吃的麦糟，
她含着笑，扇着炖肉的炉子的火，
她含着笑，背了团箕到广场上去
　　晒好那些大豆和小麦，
大堰河，为了生活，
在她流尽了她的乳液之后，
她就用抱过我的两臂，劳动了。

大堰河，深爱着她的乳儿；
在年节里，为了他，忙着切那冬米的糖。
为了他，常悄悄地走到村边的她的家里去，
为了他，走到她的身边叫一声"妈"，
大堰河，把他画的大红大绿的关云长贴在灶边的墙上，
大堰河，会对她的邻居夸口赞美她的乳儿；
大堰河曾做了一个不能对人说的梦：
在梦里，她吃着她的乳儿的婚酒，
坐在辉煌的结彩的堂上，
而她的娇美的媳妇亲切的叫她"婆婆"
…………
大堰河，深爱她的乳儿！

大堰河，在她的梦没有做醒的时候已死了。
她死时，乳儿不在她的旁侧，
她死时，平时打骂她的丈夫也为她流泪，
五个儿子，个个哭得很悲，
她死时，轻轻地呼着她的乳儿的名字，
大堰河，已死了，
她死时，乳儿不在她的旁侧。

大堰河，含泪的去了！
同着四十几年的人世生活的凌侮，
同着数不尽的奴隶的凄苦，
同着四块钱的棺材和几束稻草，
同着几尺长方的埋棺材的土地，
同着一手把的纸钱的灰，

大堰河,她含泪的去了。

这是大堰河所不知道的:
她的醉酒的丈夫已死去,
大儿做了土匪,
第二个死在炮火的烟里,
第三,第四,第五
在师傅和地主的叱骂声里过着日子。
而我,我是在写着给予这不公道的世界的咒语。
当我经了长长的漂泊回到故土时,
在山腰里,田野上,
兄弟们碰见时,是比六七年前更要亲密!
这,这是为你,静静的睡着的大堰河
所不知道的啊!

大堰河,今天,你的乳儿是在狱里,
写着一首呈给你的赞美诗,
呈给你黄土下紫色的灵魂,
呈给你拥抱过我的直伸着的手,
呈给你吻过我的唇,
呈给你泥黑的温柔的脸颜,
呈给你养育了我的乳房,
呈给你的儿子们,我的兄弟们,
呈给大地上一切的,
我的大堰河般的保姆和她们的儿子,
呈给爱我如爱她自己的儿子般的大堰河。

大堰河,
我是吃了你的奶而长大了的
你的儿子,
我敬你
爱你!

雪朝,一九三三,一,十四
原载《春光》1934 年第 1 卷第 3 期

雪落在中国的土地上

雪落在中国的土地上,
寒冷在封锁着中国呀……

风,
像一个太悲哀了的老妇,
紧紧地跟随着
伸出寒冷的指爪
拉扯着行人的衣襟,
用着像土地一样古老的话
一刻也不停地絮聒着……

那丛林间出现的,
赶着马车的
你中国的农夫
戴着皮帽
冒着大雪
你要到哪儿去呢?

告诉你
我也是农人的后裔——
由于你们的
刻满了痛苦的皱纹的脸
我能如此深深地
知道了
生活在草原上的人们的
岁月的艰辛。

而我
也并不比你们快乐啊
——躺在时间的河流上

苦难的浪涛
曾经几次把我吞没而又卷起——
流浪与禁监
已失去了我的青春的
最可贵的日子,
我的生命
也像你们的生命
一样的憔悴呀

雪落在中国的土地上,
寒冷在封锁着中国呀……

沿着雪夜的河流,
一盏小油灯在徐缓地移行,
那破烂的乌篷船里
映着灯光,垂着头
坐着的是谁呀?

——啊,你
蓬发垢面的少妇,
是不是
你的家
——那幸福与温暖的巢穴——
已被暴戾的敌人
烧毁了么?
是不是
也像这样的夜间,
失去了男人的保护,
在死亡的恐怖里
你已经受尽敌人刺刀的戏弄?

咳,就在如此寒冷的今夜,
无数的
我们的年老的母亲,
都蜷伏在不是自己的家里,
就像异邦人
不知明天的车轮

要滚上怎样的路程……
——而且
中国的路
是如此的崎岖
是如此的泥泞呀。

雪落在中国的土地上，
寒冷在封锁着中国呀……

透过雪夜的草原
那些被烽火所啮啃着的地域，
无数的，土地的垦殖者
失去了他们所饲养的家畜
失去了他们肥沃的田地
拥挤在
生活的绝望的污巷里：
饥馑的大地
朝向阴暗的天
伸出乞援的
颤抖着的两臂。
中国的苦痛与灾难
像这雪夜一样广阔而又漫长呀！

雪落在中国的土地上，
寒冷在封锁着中国呀……

中国，
我的在没有灯光的晚上
所写的无力的诗句
能给你些许的温暖么？

一九三七年十二月二十八日夜间
选自《北方》，文化生活出版社 1942 年版

手推车

在黄河流过的地域
在无数的枯干了的河底
手推车
以唯一的轮子
发出使阴暗的天穹痉挛的尖音
穿过寒冷与静寂
从这一个山脚
到那一个山脚
彻响着
北国人民的悲哀

在冰雪凝冻的日子
在贫穷的小村与小村之间
手推车
以单独的轮子
刻画在灰黄土层上的深深的辙迹
穿过广阔与荒漠
从这一条路
到那一条路
交织着
北国人民的悲哀

一九三八年初
选自《北方》，文化生活出版社 1942 年版

我爱这土地

假如我是一只鸟,
我也应该用嘶哑的喉咙歌唱:
这被暴风雨所打击着的土地,
这永远汹涌着我们的悲愤的河流,
这无止息地吹刮着的激怒的风,
和那来自林间的无比温柔的黎明……
——然后我死了,
连羽毛也腐烂在土地里面。

为什么我的眼里常含泪水?
因为我对这土地爱得深沉……

一九三八年十一月十七日
选自《北方》,文化生活出版社1942年版

礁 石

一个浪,一个浪
无休止地扑过来
每一个浪都在它脚下
被打成碎末、散开……

它的脸上和身上

像刀砍过的一样
但它依然站在那里
含着微笑,看着海洋……

一九五四年七月二十五日
原载《光明日报》1956 年 12 月 22 日

阿垅

阿垅(1907—1967),原名陈守梅,又名陈亦门,浙江杭州人。七月派代表诗人之一。诗歌代表作有《去国》《纤夫》《无题》等。出版诗集《无弦琴》以及诗论集《人和诗》《诗与现实》《诗是什么》等。

纤 夫

　　嘉陵江
风,顽固地逆吹着
江水,狂荡地逆流着,
而那大木船
衰弱而又懒惰
沉湎而又笨重,
而那纤夫们
正面着逆吹的风
正面着逆流的江水
在三百尺远的一条纤绳之前
又大大地——跨出了一寸的脚步!……

　　风,是一个绝望于街头的老人
伸出枯僵成生铁的老手随便拉住行人(不让
　再走了)
要你听完那永不会完的破落的独白,
江水,是一支生吃活人的"卐"字旗麾下的钢甲
　军队
集中攻袭一个据点

要给它尽兴的毁灭
而不让它有一步的移动!
但是纤夫们既逆着那
逆吹的风
更逆着那逆流的江水。

　　　大木船
活够了两百岁了的样子,活够了的样子
污黑而又猥琐的,
灰黑的木头处处蛀蚀着
木板坼裂成黑而又黑的巨缝(里面像有阴谋
　　和臭虫在做窠的)
用石灰、竹丝、桐油捣制的膏深深地填嵌起来
　　(填嵌不好的),
在风和江水里
像那生根在江岸的大黄桷树,动也——真懒
　　得动呢
自己不动影子也不动(映着这影子的水波也
　　几乎不流动起来)
这个走天下的老江湖
快要在这宽阔的江面上躺下来睡觉了(毫不
　　在乎呢),
中国的船啊!
古老而又破漏的船啊!
而船舱里有
五百担米和谷
五百担粮食和种子
五百担,人底生活的资料
和大地底第二次的春底胚胎,酵母,
纤夫们底这长长的纤绳
和那更长更长的
道路,不过为的这个!

　　　一绳之微
紧张地拽引着
作为人和那五百担粮食和种子之间的力的有机联系,
紧张地——拽引着

前进啊;
一绳之微
用正确而坚强的脚步
给大木船以应有的方向(像走回家的路一样
　有一个确信而又满意的方向):
向那炊烟直立的人类聚居的、繁殖之处
是有那么一个方向的
向那和天相接的迷茫一线的远方
是有那么一个方向的
向那
一轮赤赤地炽火飞爆的清晨的太阳!——
是有那么一个方向的。

　　佝偻着腰
匍匐着屁股
坚持而强进!
四十五度倾斜的
铜赤的身体和鹅卵石滩所成的角度
动力和阻力之间的角度,
互相平行地向前的
天空和地面,和天空和地面之间的人底昂奋
的脊椎骨昂奋的方向
向历史走的深远的方向,
动力一定要胜利
而阻力一定要消灭!
这动力是
创造的劳动力
和那一团风暴的大意志力。

　　脚步是艰辛的啊
有角的石子往往猛锐地楔入厚茧皮的脚底
多纹的沙滩是松陷的,走不到末梢的
鹅卵石底堆积总是不稳固地滑动着(滑头滑
　脑地滑动着),
大大的岸岩权威地当路耸立(上面的小树和
　草是它底一脸威严的大胡子)
——禁止通行!

走完一条路又是一条路
越过一个村落又是一个村落，
而到了水急滩险之处
哗噪的水浪强迫地夺住大木船
人半腰浸入洪怒的水沫飞旋的江水
去小山一样扛抬着
去鲸鱼一样拖拉着
用了
那最大的力和那最后的力
动也不动——几个纤夫徒然振奋地大张着两
　臂（像斜插在地上的十字架了）
他们决不绝望而用背退着向前硬走，
而风又是这样逆向的
而江水又是这样逆向的啊！
而纤夫们，他们自己
骨头到处格格发响像会片片迸碎的他们自己
小腿胀重像木柱无法挪动
自己底辛劳和体重
和自己底偶然的一放手的松懈
那无聊的从愤怒来的绝望和可耻的从畏惧来
　的冷淡
居然——也成为最严重的一个问题
但是他们——那人和群
那人底意志力
那坚凝而浑然一体的群
那群底坚凝成钢铁的集中力
——于是大木船又行动于绿波如笑的江面了。

　　　一条纤绳
整齐了脚步（像一队向召集令集合去的老兵），
脚步是严肃的（严肃得有沙滩上的晨霜底那种调子）
脚步是坚定的（坚定得几乎失去人性了的样子）
脚步是沉默的（一个一个都沉默得像铁铸的男子）
一条纤绳维系了一切
大木船和纤夫们
粮食和种子和纤夫们
力和方向和纤夫们

纤夫们自己——一个人，和一个集团，
一条纤绳组织了
脚步
组织了力
组织了群
组织了方向和道路，——
就是这一条细细的、长长的似乎很单薄的苎
　麻的纤绳。

　　前进——
强进！
这前进的路
同志们！
并不是一里一里的
也不是一步一步的
而只是——一寸一寸那么的，
一寸一寸的一百里
一寸一寸的一千里啊！
一只乌龟底竞走的一寸
一只蜗牛底最高速度的一寸啊！
而且一寸有一寸的障碍的
或者一块以不成形状为形状的岩石
或者一块小讽刺一样的自己已经破碎的石子
或者一枚从三百年的古墓中偶然给兔子掘出
的锈烂钉子，……
但是一寸的强进终于是一寸的前进啊
一寸的前进是一寸的胜利啊，
以一寸的力
人底力和群底力
直迫近了一寸
那一轮赤赤地炽火飞爆的清晨的太阳！

　　　　　　　　　一九四一年十一月五日，方林公寓
　　　选自《中国现代文学作品选（下）》，北京十月文艺出版社1986年版

田间

田间（1916—1985），原名童天鉴，安徽无为人。七月派代表诗人之一。诗歌形式多样，风格多明快质朴，诗句短促，节奏强劲，在新诗的民族化、大众化方面有一定探索，被闻一多称为"擂鼓诗人""时代的鼓手"。出版诗集《未名集》《给战斗者》《她也要杀人》《非洲游记》《清明》等。

给战斗者

在没有灯光
没有热气的晚上，
我们底敌人
来了，
从我们底
手里，
从我们底
怀抱里，
把无罪的伙伴，
关进强暴底栅栏。
他们身上
裸露着
伤疤，
他们永远
呼吸着
仇恨，
他们颤抖，
在大连，在满洲的

野营里，
让喝了酒的
吃了肉的
残忍的总管，
用它底刀，
嬉戏着——
荒芜的
生命，
饥饿的
血……

一

亲爱的
人民！
人民
在芦沟桥
……
在丰台
……
在这悲剧的种族生活着的南方与北方的地带里，
被日本帝国主义者底枪杀
斥醒了
……

二

是开始了伟大战斗的
七月呵！

七月，
我们
起来了。

我们
起来了
抚摩悲愤的
眼睛呀！

我们
起来了
揉擦红色的脚跟，
与黑色的
手指呀！

我们
起来了，
在血的农场上，在血的沙漠上，在血的水流上，
守望着
中部，
边疆。

经过冰雪，经过烟雾，
遥远地
遥远地
我们
呼唤着
爱与幸福，
自由和解放……

七月，
我们
起来了，
呼啸的河流呵，叛变的土地呵，暴烈的火焰呵
和应该激动在这凄惨的殖民地上的
复活的
歌呵！

因为
我们
是生长在中国。

在中国，
人民的
幼儿，
需要饲养呀，

人民的
牲群，
需要畜牧呀，
人民的
树木，
需要砍伐呀，
人民的
禾麦，
需要收获呀！

在中国
我们怀爱着——
五月的
麦酒，
九月的
米粉，
十月的
燃料，
十二月的
烟草，
从村落底家里，
从四万万五千万灵魂底幻想的领域里，
飘散着
祖国的
热情，
报国的
芬芳。

每天，
每天，
我们
要收藏——
在自己的大地上纺织着的
祖国的
白麻
祖国的
蓝布。

……
……

因为
我们，
要活着，永远地活着，欢喜地活着，
在中国。

三

我们
是伟大的中国底伟大的养子呵！
我们
曾经
在扬子江和黄河底
热燥的
水流上，
摇起
捕鱼的木船；

我们，
曾经
在乌兰哈达沙土与南部草地的
周围，
负起着
狩猎的器具；

强壮的
少女，
曾经在亚细亚夜间燃烧的篝火底
野性的
烈焰底
左右，
靠近纺车，
辛勤地
纺织着……

……
……

我们
曾经
用筋骨,用脊背,
开扩着——
粗鲁的
中国。

我们
懒惰吗?
犯罪吗?

我们
没有生活的权利,
与自由的
法律吗?

为什么——
亲爱的
人民,
不能宽敞地活下去,平安地活下去呢!

四

伟大的
祖国,
悲剧的日子来了,暴风雨来了,敌人来了……

敌人,
突破着
海岸和关卡,
从天津,
从上海。

敌人,
散布着

炸药和瓦斯，
到田园，
到池沼。

敌人来了，
恶笑着
走向
我们。

恶笑着
扫射，
绞杀。

它要走过我们四万万五千万被害死了的
无声息的尸具上，
播着武士道底
胜利的放荡的呼喊……

今天，
你将告诉我们以斗争或者以死呢？
伟大的
祖国！

五

我们
必须
战争了，
昨天是懦弱的，是惨呼的，是挣扎的
四万万五千万呵！

斗争，
或者死……

我们
必须
拔出敌人的刀刃，
从自己的

血管。

我们
人性的
呼吸，
不能停止；
血肉的
行列
不能拆散；
复仇的
枪，
不能扭断，
因为
我们
——不能屈辱地活着，也不能屈辱地死去呀……

……
……
太阳被掩覆了
疆土的
烽火，
在生长着；

堡垒被破坏了
兄弟的
尸骸，
在堆积着；

亲爱的
人民，
让我们战争，
更顽强，
更坚韧。

六
……
……

我们，
往哪里去？

在世界，
没有大地，
没有海河，
没有意志，
匍匐地
活着
也是死呀！

今天呀，
让我们
死吧，
但必须付出我们
最后的灵魂，
到保护祖国的
神圣的
歌声去……
亲爱的
人民！

亲爱的
人民！
抓出
木厂里，
墙角里，
泥沟里，
我们的
武器，
挺起
我们

被火烤的，被暴风雨淋的，被鞭子抽打的胸脯，
斗争吧！
在战斗里，
胜利
或者死
……

七

在诗篇上，
战士底坟场
会比奴隶底国家
要温暖，
要明亮。

一九三七年十二月二十四日，武昌
原载《七月》1938 年 1 月 1 日第 1 卷第 6 期

假使我们不去打仗

假使我们不去打仗，
敌人用刺刀
杀死了我们，
还要用手指着我们骨头说：
　"看，
　　这是奴隶！"

一九三八年
选自《抗战诗抄》，新华书店 1950 年版

鲁藜

鲁藜（1914—1999），原名许图地，福建同安县（现同安区）人。七月派代表诗人之一。诗歌充满浪漫主义情调，具有哲理内涵。诗歌代表作为《延安组诗》《泥土》。出版诗集《醒来的时候》《锻炼》《时间的歌》《星的歌》《鲁藜诗选》等。

泥　土

老是把自己当作珍珠
就时时有被埋没的痛苦

把自己当作泥土吧
让众人把你踩成一条道路

原载《希望》1945年创刊号

曾 卓

曾卓（1922—2002），原名曾庆冠，生于湖北武汉。抗日救亡浪潮中成长起来的一代诗人之一，七月派代表人物。抗日战争时武汉沦陷流亡重庆时，与邹荻帆、绿原等组织成立诗垦地社。诗风沉郁，语言精练。出版诗集《门》《悬崖边的树》《老水手的歌》。

铁栏与火

虎在笼中旋转。

虎在狭的笼中
沉默地
　旋转，
低声地
　咆哮，
不理睬笼外的嘲弄和施舍。

它累了，俯卧着。
铁栏内，
一团灿烂的斑纹
一团火！

站起来，
两眼炯炯地闪光，
锋锐的长牙露出，
扑出去的姿势

使笼外发出一片惊呼。

它深深地俯嗅着
自己身上残留的
原野的气息。
它怀念：
大山、森林、深谷……
无羁的岁月，
庄严的生活。

深夜，
它扑站在栏前。
它的凝聚着悲愤的长啸
震撼着黑夜
在暗空中流过，
像光芒
　　　流过！

铁栏锁着
火！

一九四六年
选自《白色花》，人民文学出版社 1981 年版

悬崖边的树

不知道是什么奇异的风
将一棵树吹到了那边——
平原的尽头
临近深谷的悬崖上

它倾听远处森林的喧哗
和深谷中小溪的歌唱
它孤独地站在那里
显得寂寞而又倔强

它的弯曲的身体
留下了风的形状
它似乎即将跌进深谷里
却又像是要展翅飞翔……

一九七〇年
选自《新千家诗》，光明日报出版社 1988 年版

我遥望

当我年轻的时候
在生活的海洋中，偶尔抬头
遥望六十岁，像遥望
一个远在异国的港口

经历了狂风暴雨，惊涛骇浪
而今我到达了。不时回头
遥望我年轻的时候，像遥望
迷失在烟雾中的故乡

一九八一年三月十二日
选自《当代抒情诗拔萃》，漓江出版社 1987 年版

○

牛

汉

牛汉（1923—2013），原名史成汉，曾用笔名谷风，山西定襄县人。七月派代表诗人。诗作多托草木以言志，借鸟兽以抒情。诗歌代表作有《华南虎》《半棵树》《悼念一棵枫树》《鄂尔多斯草原》等。出版诗集《彩色的生活》《爱与歌》《温泉》《海上蝴蝶》《沉默的悬崖》等。

汗血马

跑过一千里戈壁才有河流
跑过一千里荒漠才有草原

无风的七月八月天
戈壁是火的领地
只有飞奔
四脚腾空的飞奔
胸前才感觉有风
才能穿过几百里闷热的浮尘

汗水全被焦竭的尘砂舐光
汗水结晶成马的白色的斑纹

汗水流尽了
胆汁流尽了
向空旷冲刺的目光
宽阔的抽搐的胸肌
沉默地向自己生命的内部求援

从肩脚和臀股
沁出一粒一粒的血珠
世界上
只有汗血马
血管与汗腺相通

肩胛上并没有翅翼
四蹄也不会生风
汗血马不知道人间美妙的神话
它只向前飞奔
浑身蒸腾出彤云似的血气
为了翻越雪封的大坂
和凝冻的云天
生命不停地自燃
流尽了最后一滴血
用筋骨还能飞奔一千里

汗血马
扑倒在生命的顶点
焚化成了一朵
雪白的花

一九八六年十一月
原载《诗刊》1987 年第 12 期

华南虎

在桂林
小小的动物园里
我见到一只老虎。

我挤在叽叽喳喳的人群中
隔着两道铁栅栏
向笼里的老虎
张望了许久许久,
但一直没有瞧见
老虎斑斓的面孔
和火焰似的眼睛。

笼里的老虎
背对胆怯而绝望的观众
安详地卧在一个角落,
有人用石块砸它
有人向它厉声呵斥
有人还苦苦劝诱
它都一概不理!

又长又粗的尾巴
悠悠地在拂动,
哦,老虎,笼中的老虎,
你是梦见了苍苍莽莽的山林吗?
是屈辱的心灵在抽搐吗?
还是想用尾巴鞭击那些可怜而又可笑的观众?

你的健壮的腿
直挺挺地向四方伸开,
我看见你的每个趾爪
全都是破碎的,
凝结着浓浓的鲜血,
你的趾爪
是被人捆绑着
活活地铰掉的吗?
还是由于悲愤
你用同样破碎的牙齿
(听说你的牙齿是被钢锯锯掉的)
把它们和着热血咬碎……

我看见铁笼里

灰灰的水泥墙壁上
有一道一道的血淋淋的沟壑
闪电那般耀眼刺目，
像血写的绝命诗！①

我终于明白……
羞愧地离开了动物园。

恍惚之中听见一声
石破天惊的咆哮，
有一个不羁的灵魂
掠过我的头顶
腾空而去，
我看见了火焰似的斑纹
火焰似的眼睛，
还有巨大而破碎的
滴血的趾爪！

一九七三年六月，咸宁
选自《空旷在远方》，时代文艺出版社 2005 年版

悼念一棵枫树

我想写几页小诗，把你最后的绿叶保留下几片来。
——摘自日记

湖边山丘上
那棵最高大的枫树
被伐倒了……

---

① 一九九七年八月十日，据当年札记添一行诗："像血写的绝命诗！"

在秋天的一个早晨

几个村庄
和这一片山野
都听到了，感觉到了
枫树倒下的声响

家家的门窗和屋瓦
每棵树，每根草
每一朵野花
树上的鸟，花上的蜂
湖边停泊的小船
都颤颤地哆嗦起来……
是由于悲哀吗？
这一天
整个村庄
和这一片山野上
飘忽着浓郁的清香

清香
落在人的心灵上
比秋雨还要阴冷

想不到
一棵枫树
表皮灰暗而粗犷
发着苦涩气息
但它的生命内部
却贮蓄了这么多的芬芳

芬芳
使人悲伤

枫树直挺挺地
躺在草丛和荆棘上
那么庞大，那么青翠
看上去比它站立的时候

还要雄伟和美丽

伐倒三天之后
枝叶还在微风中
簌簌地摇动
叶片上还挂着明亮的露水
仿佛亿万只含泪的眼睛
向大自然告别

哦，湖边的白鹤
哦，远方来的老鹰
还朝着枫树这里飞翔呢

枫树
被解成宽阔的木板
一圈圈年轮
涌出了一圈圈的
凝固的泪珠
泪珠
也发着芬芳

不是泪珠吧
它是枫树的生命
还没有死亡的血球

村边的山丘
缩小了许多
仿佛低下了头颅

伐倒了
一棵枫树
伐倒了
一个与大地相连的生命

一九七三年秋
原载《长安》1981年第1期

穆旦

穆旦（1918—1977），原名查良铮，曾用笔名慕旦、梁真，祖籍浙江海宁，生于天津。1940年在西南联合大学毕业后留校任教。1942年参加中国远征军。1949年入芝加哥大学英国文学系学习。1953年回国后，任教于南开大学外文系。诗歌富于象征寓意和心灵思辨，将西方现代主义和中国诗歌传统结合起来，是九叶诗派的代表性诗人之一。诗歌代表作有《赞美》《诗八首》《智慧之歌》等。出版诗集《探险队》《穆旦诗集》《旗》等。

在寒冷的腊月的夜里

在寒冷的腊月的夜里，风扫着北方的平原，
北方的田野是枯干的，大麦和谷子已经推进了村庄，
岁月尽竭了，牲口憩息了，村外的小河冻结了，
在古老的路上，在田野的纵横里闪着一盏灯光，
　　　　一副厚重的，多纹的脸，
　　　　他想什么？他做什么？
在这亲切的，为吱哑的轮子压死的路上。

风向东吹，风向南吹，风在低矮的小街上回旋，
木格的窗纸堆着沙土，我们在泥草的屋顶下安眠，
谁家的儿郎吓哭了，哇——呜——呜——从屋顶传过屋顶，
就要长大了，渐渐和我们一样地躺下，一样地打鼾，
　　　　从屋顶传过屋顶，风
　　　　这样大，岁月这样悠久，
我们不能够听见，我们不能够听见。

火熄了么？红的炭火拨灭了么？一个声音说，
我们的祖先是已经睡了，睡在离我们不远的地方，
所有的故事已经讲完了，只剩下了灰烬的遗留，
在我们没有安慰的梦里，在他们走来又走去以后，
　　　　在门口，那些用旧了的镰刀，
　　　　锄头，牛轭，石磨，大车，
静静地，正承接着雪花的飘落。

一九四一年二月
原载《贵州日报·革命军诗刊》1941 年 6 月 9 日

诗八首[①]

一

你底眼睛看见这一场火灾，
你看不见我，虽然我为你点燃；
唉，那燃烧着的不过是成熟的年代，
你底，我底。我们相隔如重山！

从这自然底蜕变底程序里，
我却爱了一个暂时的你。
即使我哭泣，变灰，变灰又新生，
姑娘，那只是上帝玩弄他自己。

二

水流山石间沉淀下你我，
而我们成长，在死底子宫里。

[①] 此诗收入《穆旦诗集（1939—1945）》，题为"诗八章"；收入《现代诗抄》（闻一多编）、《旗》，题目改作"诗八首"。

在无数的可能里一个变形的生命
永远不能完成他自己。

我和你谈话，相信你，爱你，
这时候就听见我底主暗笑，
不断地他添来另外的你我
使我们丰富而且危险。

三

你底年龄里的小小野兽，
它和春草一样地呼吸，
它带来你底颜色，芳香，丰满，
它要你疯狂在温暖的黑暗里。

我越过你大理石的理智殿堂，
而为它埋藏的生命珍惜；
你我底手底接触是一片草场，
那里有它底固执，我底惊喜。

四

静静地，我们拥抱在
用言语所能照明的世界里，
而那未成形的黑暗是可怕的，
那可能的和不可能的使我们沉迷。

那窒息着我们的
是甜蜜的未生即死的言语，
它底幽灵笼罩，使我们游离，
游进混乱的爱底自由和美丽。

五

夕阳西下，一阵微风吹拂着田野，
是多么久的原因在这里积累。
那移动了的景物移动我底心
从最古老的开端流向你，安睡。

那形成了树木和屹立的岩石的，

将使我此时的渴望永存，
一切在它底过程中流露的美
教我爱你的方法，教我变更。

六

相同和相同溶为怠倦，
在差别间又凝固着陌生；
是一条多么危险的窄路里，
我制造自己在那上面旅行。

他存在，听从我底指使，
他保护，而把我留在孤独里，
他底痛苦是不断的寻求
你底秩序，求得了又必须背离。

七

风暴，远路，寂寞的夜晚，
丢失，记忆，永续的时间，
所有科学不能祛除的恐惧
让我在你底怀里得到安憩——

呵，在你底不能自主的心上，
你底随有随无的美丽的形象，
那里，我看见你孤独的爱情
笔立着，和我底平行着生长！

八

再没有更近的接近，
所有的偶然在我们间定型；
只有阳光透过缤纷的枝叶
分在两片情愿的心上，相同。

等季候一到就要各自飘落，
而赐生我们的巨树永青，
它对我们的不仁的嘲弄
（和哭泣）在合一的老根里化为平静。

一九四二年二月
原载《文聚》1942 年 4 月第 1 卷第 3 期

赞 美

走不尽的山峦的起伏,河流和草原,
数不尽的密密的村庄,鸡鸣和狗吠,
接连在原是荒凉的亚洲的土地上,
在野草的茫茫中呼啸着干燥的风,
在低压的暗云下唱着单调的东流的水,
在忧郁的森林里有无数埋藏的年代。
它们静静地和我拥抱:
说不尽的故事是说不尽的灾难,沉默的
是爱情,是在天空飞翔的鹰群,
是干枯的眼睛期待着泉涌的热泪,
当不移的灰色的行列在遥远的天际爬行;
我有太多的话语,太悠久的感情,
我要以荒凉的沙漠,坎坷的小路,骡子车,
我要以槽子船,漫山的野花,阴雨的天气,
我要以一切拥抱你,你,
我到处看见的人民呵,
在耻辱里生活的人民,佝偻的人民,
我要以带血的手和你们一一拥抱。
因为一个民族已经起来。

一个农夫,他粗糙的身躯移动在田野中,
他是一个女人的孩子,许多孩子的父亲,
多少朝代在他的身边升起又降落了
而把希望和失望压在他身上,
而他永远无言地跟在犁后旋转,
翻起同样的泥土溶解过他祖先的,
是同样的受难的形象凝固在路旁。
在大路上多少次愉快的歌声流过去了,
多少次跟来的是临到他的忧患;
在大路上人们演说,叫嚣,欢快,

然而他没有，他只放下了古代的锄头，
再一次相信名词，溶进了大众的爱，
坚定地，他看着自己溶进死亡里，
而这样的路是无限的悠长的
而他是不能够流泪的，
他没有流泪，因为一个民族已经起来。

在群山的包围里，在蔚蓝的天空下，
在春天和秋天经过他家园的时候，
在幽深的谷里隐着最含蓄的悲哀：
一个老妇期待着孩子，许多孩子期待着
饥饿，而又在饥饿里忍耐，
在路旁仍是那聚集着黑暗的茅屋，
一样的是不可知的恐惧，一样的是
大自然中那侵蚀着生活的泥土，
而他走去了从不回头诅咒。
为了他我要拥抱每一个人，
为了他我失去了拥抱的安慰，
因为他，我们是不能给以幸福的，
痛哭吧，让我们在他的身上痛哭吧，
因为一个民族已经起来。

一样的是这悠久的年代的风，
一样的是从这倾圮的屋檐下散开的
无尽的呻吟和寒冷，
它歌唱在一片枯槁的树顶上，
它吹过了荒芜的沼泽，芦苇和虫鸣，
一样的是这飞过的乌鸦的声音。
当我走过，站在路上踟蹰，
我踟蹰着为了多年耻辱的历史
仍在这广大的山河中等待，
等待着，我们无言的痛苦是太多了，
然而一个民族已经起来，
然而一个民族已经起来。

一九四一年十二月

选自《穆旦精选集》，北京燕山出版社2006年版

春

绿色的火焰在草上摇曳,
他渴求着拥抱你,花朵。
反抗着土地,花朵伸出来,
当暖风吹来烦恼,或者欢乐。
如果你是醒了,推开窗子,
看这满园的欲望多么美丽。

蓝天下,为永远的谜迷惑着的
是我们二十岁的紧闭的肉体,
一如那泥土做成的鸟的歌,
你们被点燃,却无处归依。
呵,光,影,声,色,都已经赤裸,
痛苦着,等待伸入新的组合。

一九四二年二月
原载《贵州日报·革命军诗刊》1942 年 5 月 26 日

自然底梦

我曾经迷误在自然底梦中,
我底身体由白云和花草做成,
我是吹过林木的叹息,早晨底颜色,
当太阳染给我刹那的年轻,

那不常在的是我们拥抱的情怀,
它让我甜甜的睡:一个少女底热情,
使我这样骄傲又这样的柔顺。
我们谈话,自然底朦胧的呓语,

美丽的呓语把它自己说醒,
而将我暴露在密密的人群中,
我知道它醒了正无端地哭泣,
鸟底歌,水底歌,正绵绵地回忆,

因为我曾年轻的一无所有,
施与者领向人世的智慧皈依,
而过多的忧思现在才刻露了
我是有过蓝色的血,星球底世系。

一九四二年十一月
选自《穆旦精选集》,北京燕山出版社 2006 年版

冥 想[①]

一

为什么万物之灵的我们,
遭遇还比不上一棵小树?
今天你摇摇它,优越地微笑,
明天就化为根下的泥土。
为什么由手写出的这些字,
竟比这只手更长久,健壮?
它们会把腐烂的手抛开,

---

① 原载《诗刊》1987 年第 2 期,总标题为"穆旦遗诗六首"。

而默默生存在一张破纸上。
因此，我傲然生活了几十年，
仿佛曾做着万物的导演，
实则在它们长久的秩序下
我只当一会儿小小的演员。

二

把生命的突泉捧在我手里，
我只觉得它来得新鲜，
是浓烈的酒，清新的泡沫，
注入我的奔波、劳作、冒险。
仿佛前人从未经临的园地
就要展现在我的面前。
但如今，突然面对着坟墓，
我冷眼向过去稍稍回顾，
只见它曲折灌溉的悲喜
都消失在一片亘古的荒漠，
这才知道我的全部努力
不过完成了普通的生活。

一九七六年五月
原载《诗刊》1987年第2期

辛笛

辛笛（1912—2004），原名王馨迪，曾用笔名心笛、一民等，生于天津。1935年毕业于清华大学外文系，九叶派代表诗人之一。诗歌熔中国古典诗歌和外国现代派诗风于一炉，表现手法多样。出版诗集《珠贝集》《手掌集》《辛笛诗稿》等。

风 景

列车轧在中国的肋骨上
一节接着一节社会问题
比邻而居的是茅屋和田野间的坟
生活距离终点这样近
夏天的土地绿得丰饶自然
兵士的新装黄得旧褪凄惨
惯爱想一路来行过的地方
说不出生疏却是一般的黯淡
瘦的耕牛和更瘦的人
都是病，不是风景！

一九四八年夏在沪杭道中
选自《中国新诗》1948年9月第4期

○ 杭约赫

杭约赫（1917—1995），原名曹辛之，江苏宜兴人。九叶派诗人。诗歌代表作为《知识分子》。出版诗集《撷星草》《噩梦录》《火烧的城》，长诗《复仇的土地》等。

知识分子

多向往旧日的世界，
你读破了名人传记：
一片月光、一瓶萤火
墙洞里搁一顶纱帽。

鼻子前挂面玻璃境，
到街坊上买本相书。
谁安于这淡茶粗饭，
脱下布衣便有青云。

千担壮志，埋入书卷，
万年历史不会骗人。
但如今你发落鬓白，
门前的秋叶没了路。

这件旧长衫拖累住
你，空守了半世窗子。

一九四六年十二月
选自《火烧的城》，星群出版社 1948 年版

○ 陈敬容

陈敬容（1917—1989），原名陈懿范，曾用笔名蓝冰、文谷等，四川乐山人。九叶派诗人。诗歌代表作有《窗》《划分》《力的前奏》《雨后》等。出版诗集《交响集》《盈盈集》《老去的是时间》。

力的前奏

歌者蓄满了声音
在一瞬的震颤中凝神

舞者为一个姿势
拼聚了一生的呼吸

天空的云、地上的海洋
在大风暴来到之前
有着可怕的寂静

全人类的热情汇合交融
在痛苦的挣扎里守候
一个共同的黎明

一九四七年四月十六日于上海
选自《交响集》，森林出版社1947年版

雨　后

雨后的黄昏的天空，
静穆如祈祷女肩上的披巾；
树叶的碧意是一个流动的海，
烦热的躯体在那儿沐浴。

我们避雨到槐树底下，
坐着看雨后的云霞，
看黄昏退落，看黑夜行进，
看林梢闪出第一颗星星。

有什么在时间里沉睡，
带着假想的悲哀？
从岁月里常常有什么飞去，
又有什么悄悄地飞来？

我们手握着手、心靠着心，
溪水默默地向我们倾听；
当一只青蛙在草丛间跳跃，
我仿佛看见大地在眨着眼睛。

一九四六年七月二十五日于上海
选自《陈敬容选集》，四川人民出版社 1983 年版

珠和觅珠人

珠在蚌里,它有一个等待
它知道最高的幸福是
给予,不是苦苦的沉埋
许多天的阳光,许多夜的月光
还有不时的风雨掀起白浪
这一切它早已收受
在它的成长中,变做了它的
所有。在密合的蚌壳里
它倾听四方的脚步
有的急促,有的踌躇
纷纷沓沓的那些脚步
走过了,它紧敛住自己的
光,不在不适当的时候闪露
然而它有一个等待
它知道觅珠人正从哪一方向
带着怎样的真挚和热望
向它走来;那时它便要揭起
隐秘的纱网,庄严地向生命
展开,投进一个全新的世界。

一九四八年春作于上海
原载《中国新诗》1948 年第 3 期

○ 杜运燮

杜运燮（1918—2002），福建古田人。九叶派诗人。诗歌较注意借鉴现代欧美诗歌的艺术手法。诗作《秋》因"朦胧"曾被诗评质疑，之后"朦胧"一词逐渐演变成诗歌史上的专用名词。出版诗集《诗四十首》《晚稻集》《你是我爱的第一个》等。

山

来自平原，而只好放弃平原；
植根于地球，却更想植根于云汉；
茫茫平原的升华，它幻梦的形象，
大家自豪有他，他却永远不满。

他向往的是高远变化万千的天空，
有无尽光热的太阳，博学含蓄的月亮，
笑眼的星，生命力最丰富的风，
戴雪帽享受寂静冬日的安详。

还喜欢一些有音乐天才的流水，
挂一面瀑布，唱悦耳的质朴山歌；
或者孤独的古庙，招引善男信女俯跪，
有暮鼓晨钟单调地诉说某种饥饿；

或者一些怪人隐士，羡慕他，追随他，
欣赏人海的波涛起伏，却只能孤独地
生活，到夜里，梦着流水流着梦，

回到平原上唯一甜蜜的童年记忆。

他追求,所以不满足,所以更追求;
他没有桃花,没有牛羊、炊烟、村落;
可以鸟瞰,有更多空气,也有更多石头;
因为他只好离开必需的,他永远寂寞。

一九四五年于昆明
选自《诗四十首》,文化生活出版社1946年版

秋

连鸽哨也发出成熟的音调,
过去了,那阵雨喧闹的夏季。
不再想那严峻的闷热的考验,
危险游泳中的细节回忆。

经历过春天萌芽的破土,
幼芽成长中的扭曲和受伤,
这些枝条在烈日下也狂热过,
差点在雨夜中迷失方向。

现在,平易的天空没有浮云,
山川明净,视野格外宽远;
智慧、感情都成熟的季节呵,
河水也像是来自更深处的源泉。

紊乱的气流经过发酵,
在山谷里酿成透明的好酒;
吹来的是第几阵秋意?醉人的香味
已把秋花秋叶深深染透。

街树也用红颜色暗示点什么，
自行车的车轮闪射着朝气；
塔吊的长臂在高空指向远方，
秋阳在上面扫描丰收的信息。

　　　　　　　　　　一九七九年秋
　　　　　　　　原载《诗刊》1980 年第 1 期

郑敏

郑敏（1920— ），福建闽侯人。1943年毕业于西南联合大学，后赴美国布朗大学留学。九叶派诗人。诗歌代表作有《金黄的稻束》《诗人与死》。出版诗集《诗集1942—1947》《寻觅集》《心象》《早晨，我在雨里采花》等。

金黄的稻束

金黄的稻束站在
割过的秋天的田里，
我想起无数个疲倦的母亲，
黄昏的路上我看见那皱了的美丽的脸，
收获日的满月在
高耸的树巅上，
暮色里，远山
围着我们的心边，
没有一个雕像能比这更静默。
肩荷着那伟大的疲倦，你们
在这伸向远远的一片
秋天的田里低首沉思，
静默。静默。历史也不过是
脚下一条流去的小河，
而你们，站在那儿，
将成为人类的一个思想。

选自《诗集1942—1947》，文化生活出版社1949年版

树

我从来没有真正听见声音
像我听见树的声音,
当它悲伤,当它忧郁
当它鼓舞,当它多情
时的一切声音
即使在黑暗的冬夜里,
你走过它也应当像
走过一个失去民族自由的人民
你听不见那封锁在血里的声音吗?
当春天来到时
它的每一只强壮的手臂里
埋藏着千百个啼扰的婴儿。

我从来没有真正感觉过宁静
像我从树的姿态里
所感受到的那样深
无论自哪一个思想里醒来
我的眼睛遇见它
屹立在那同一的姿态里。
在它的手臂间星斗转移
在它的注视下溪水慢慢流去,
在它的胸怀里小鸟来去
而它永远那么祈祷,沉思
仿佛生长在永恒宁静的土地上。

选自《诗集1942—1947》,文化生活出版社1949年版

袁可嘉

袁可嘉（1921—2008），浙江慈溪人。九叶派诗人。20世纪40年代发表新诗及诗歌理论文章，新中国成立后主要从事文学翻译工作。新诗作品收入《半个世纪的脚印——袁可嘉诗文选》。诗歌代表作有《沉钟》《冬夜》等。

沉　钟

让我沉默于时空，
如古寺锈绿的洪钟，
负驮三千载沉重，
听窗外风雨匆匆；

把波澜掷给大海，
把无垠还诸苍穹，
我是沉寂的洪钟，
沉寂如蓝色凝冻；

生命脱蒂于苦痛，
苦痛任死寂煎烘，
我是锈绿的洪钟，
收容八方的野风！

一九四六年
选自《人与世界的交响》，中国青年出版社1996年版

唐祈

唐祈（1920—1990），原名唐克蕃，江苏苏州人。1942 年毕业于西北联合大学文学院历史学系。1947 年到上海，参与创办《中国新诗》。九叶派诗人。出版诗集《诗·第一册》《时间与旗》《北大荒组诗》等。

女犯监狱

我关心那座灰色的监狱，
死亡，鼓着盆大的腹，
在暗屋里孕育。

进来，一个女犯牵着自己的
小孩：走过黑暗的甬道里跌入
铁的栅栏，许多乌合前来的
女犯们，突出阴暗的眼球，
向你漠然险恶地注看——
她们的脸，是怎样饥饿、狂暴，
对着亡人突然嚎哭过，
而现在连寂寞都没有。

墙角里你听见撕裂的呼喊：
黑暗监狱的看守人也不能
用鞭打制止的；可怜的女犯在流产，
血泊中，世界是一个乞丐
向你伸手，
婴胎三个黑夜没有下来。

啊!让罪恶像子宫一样
割裂吧:为了我们哭泣着的
这个世界!

阴暗监狱的女犯们,
没有一点别的声响,
铁窗漏下几缕冰凉的月光;
她们都在长久地注视
死亡——
还有比它更恐怖的地方。

一九四六年十月于重庆
原载《中国新诗》1948年第3期

李 季

李季（1922—1980），原名李振鹏，笔名里计、于一帆等。河南唐河县人。1942年，响应《在延安文艺座谈会上的讲话》号召，到西北"三边"地区工作，并创作长篇叙事诗《王贵与李香香》。新中国成立后，任中南地区文艺工作者联合会编辑出版部长，主编《长江文艺》。后担任《人民文学》副主编、《诗刊》主编。出版诗集《短诗十七首》《玉门诗抄》《致以石油工人的敬礼》等。

王贵与李香香（节选）

四　掏苦菜

山丹丹开花红姣姣，
香香人材长得好。

一对大眼水汪汪，
就像那露水珠在草上淌。

二道糜子碾三遍，
香香自小就爱庄稼汉。

地头上沙柳绿蓁蓁，
王贵是个好后生。

身高五尺浑身都是劲，
庄稼地里顶两人。

玉米开花半中腰，
王贵早把香香看中了。

小曲好唱口难开，
樱桃好吃树难栽；

交好的心思两人都有，
谁也害臊难开口。

王贵赶羊上山来，
香香在洼里掏苦菜。

赶着羊群打口哨，
一句曲儿出口了：

"受苦一天不瞌睡，
合不着眼睛我想妹妹。"

停下脚步定一定神，
洼洼里声小像弹琴：

"山丹丹花来背洼洼开，
有那些心思慢慢来。"

"大路畔上的灵芝草，
谁也没有妹妹好！"

"马里头挑马四银蹄，
人里头挑人就数哥哥好！"

"樱桃小口糯米牙，
巧口口说些哄人话。

"交上个有钱的花钱常不断，
为啥要跟我这个揽工的受可怜？"

"烟锅锅点灯半炕炕明，

酒盅盅量米不嫌哥哥穷。

"妹妹生来就爱庄稼汉,
实心实意赛过银钱。"

"红瓤子西瓜绿皮包,
妹妹的话儿我忘不了。

"肚里的话儿乱如麻,
定下个时候说说知心话。

"天黑夜静人睡下,
妹妹房里把话拉。"

"满天的星星没有月亮,
小心踏在狗身上!"

一九四二年于陕北三边
选自《王贵与李香香》,人民文学出版社 2001 年版

公刘

公刘（1927—2003），原名刘仁勇，江西南昌人。1949年加入中国人民解放军，1955年任总政治部创作员。1957年被定为"右派分子"。诗作思想敏锐，感情深沉，有独特风格。出版诗集《尹灵芝》《白花·红花》《离离原上草》《仙人掌》《母亲——长江》《南船北马》等。

上海夜歌（一）

上海关。钟楼。时针和分针
像一把巨剪，
一圈，又一圈，
铰碎了白天。

夜色从二十四层高楼上挂下来，
如同一幅垂帘；
上海立刻打开她的百宝箱，
到处珠光闪闪。

灯的峡谷，灯的河流，灯的山，
六百万人民写下了壮丽的诗篇：
纵横的街道是诗行，
灯是标点。

一九五六年九月二十八日，上海
选自诗集《在北方》，作家出版社1957年版

邵燕祥

邵燕祥（1933— ），祖籍浙江萧山，1933年出生于北京。肄业于北平中法大学法文系。诗作主要以社会主义建设为题材，语言朴素，风格自然。出版诗集《到远方去》《在远方》《迟开的花》等。

到远方去

收拾停当我的行装，
马上要登程去远方。
心爱的同志送我
告别天安门广场。

在我将去的铁路线上，
还没有铁路的影子。
在我将去的矿井，
还只是一片荒凉。

但是没有的都将会有，
美好的希望都不会落空。
在遥远的荒山僻壤，
将要涌起建设的喧声。

那声音将要传到北京，
跟这里的声音呼应。
广场上英雄碑正在兴建啊，
琢打石块，像清脆的鸟鸣。

心爱的同志，你想起了什么？
哦，你想起了刘胡兰。
如果刘胡兰活到今天，
她跟你正是同年。

你要唱她没唱完的歌，
你要走她没走完的路程。
我爱的正是你的雄心，
虽然我也爱你的童心。

让人们把我们叫做
母亲的最好的儿女，
在英雄辈出的祖国，
我们是年轻的接力人。

我们惯于踏上征途，
就像骑兵跨上征鞍，
青年团员走在长征的路上，
几千里路程算得什么遥远。

我将在河西走廊送走除夕，
我将在戈壁荒滩迎来新年，
不管什么时候，只要想起你，
就更要把艰巨的任务担在双肩。

记住，我们要坚守誓言：
谁也不许落后于时间！
那时我们在北京重逢，
或者在远方的工地再见！

一九五二年十一月二十三日
原载《中国青年》1953年6月

走敦煌

三门山上的村落,
青烟飘出山峡,
烧棉柴煮腊八饭,
远近有多少人家?

春节上哪儿去过?
到敦煌安个新家;
祁连山上白雪,
四千里路风沙。

腊月里天寒地冻,
摘不到路草山花,
生身的热土难离,
揣上黄河边黄土一把。

祁连山上的雪水,
引来也好灌棉花……
四千里路不算远,
明天就装车出发。

离别了家乡黄河,
这里要拦河修坝,
好比是钢缰铁辔,
驾驭住奔腾烈马。

"十年河东,十年河西",
快成了陈年古话;
"搬一家,保千家",
三门村告辞三门峡。

原载《人民日报》1956 年 7 月 30 日

闻 捷

闻捷(1923—1971),原名赵文节,江苏丹徒人。历任新华社西北总社采访部主任、新疆分社社长,中国作家协会第二届理事、兰州分会副主席,上海作家协会第二届理事。诗作语言流畅,风格清新,感情真挚,具有民歌风味。出版诗集《天山牧歌》《祖国,光辉的十月》《河西走廊行》《生活的赞歌》,长诗《复仇的火焰》等。另有《闻捷全集》。"文革"期间因受迫害,自杀身亡。

苹果树下

苹果树下那个小伙子,
你不要、不要再唱歌;
姑娘沿着水渠走来了,
年轻的心在胸中跳着。
她的心为什么跳呵?
为什么跳得失去节拍?……

春天,姑娘在果园劳作,
歌声轻轻从她耳边飘过,
枝头的花苞还没有开放,
小伙子就盼望它早结果。
奇怪的念头姑娘不懂得,
她说:别用歌声打扰我。

小伙子夏天在果园度过,
一边劳动一边把姑娘盯着,
果子才结得葡萄那么大,

小伙子就唱着赶快去采摘。
满腔的心思姑娘猜不着,
她说:别像影子一样缠着我。

淡红的果子压弯绿枝,
秋天是一个成熟季节,
姑娘整夜整夜地睡不着,
是不是挂念那树好苹果?
这些事小伙子应该明白,
她说:有句话你怎么不说?

……苹果树下那个小伙子,
你不要、不要再唱歌;
姑娘踏着草坪过来了,
她的笑容里藏着什么?……
说出那句真心的话吧!
种下的爱情已该收获。

一九五二年至一九五四年 乌鲁木齐—北京
原载《人民文学》1955 年第 3 期

夜莺飞去了

夜莺飞去了,
带走迷人的歌声;
年轻人走了,
眼睛传出留恋的心情。

夜莺飞向天边,
天边有秀丽的白桦林;
年轻人翻过天山,

那里是金色的石油城。

夜莺飞向天空,
回头张望另一只夜莺;
年轻人爬上油塔,
从彩霞中瞭望心上的人。

夜莺怀念吐鲁番,
这里的葡萄甜,泉水清;
年轻人热爱故乡,
故乡的姑娘美丽又多情。

夜莺还会飞来的,
那时候春天第二次降临;
年轻人也要回来的,
当他成为一个真正矿工。

一九五二年至一九五四年 乌鲁木齐—北京
选自《闻捷诗选》,人民文学出版社 1979 年版

葡萄成熟了

马奶子葡萄成熟了,
坠在碧绿的枝叶间,
小伙子们从田里回来了,
姑娘们还劳作在葡萄园。

小伙子们并排站在路边,
三弦琴挑逗姑娘心弦,
嘴唇都唱得发干了,
连颗葡萄子也没尝到。

小伙子们伤心又生气,
扭转身又舍不得离去:
"悭吝的姑娘啊!
你们的葡萄准是酸的。"

姑娘们会心地笑了,
摘下几串没有熟的葡萄,
放在那排伸长的手掌里,
看看小伙子们怎么挑剔……

小伙子们咬着酸葡萄,
心眼里头笑眯眯:
"多情的葡萄!
她比什么糖果都甜蜜。"

一九五二年至一九五四年 乌鲁木齐—北京
选自《闻捷诗选》,人民文学出版社 1979 年版

〇 流沙河

流沙河（1931— ），原名余勋坦，四川金堂人。1957年因《草木篇》被错划为"右派"，1979年平反。出版诗集《农村夜曲》《告别火星》《流沙河诗集》《游踪》《故园别》等。

草木篇

寄言立身者
勿学柔弱苗
　　——（唐）白居易

白杨

她，一柄绿光闪闪的长剑，孤零零地立在平原，高指蓝天。也许，一场暴风会把她连根拔去。但，纵然死了吧，她的腰也不肯向谁弯一弯！

藤

他纠缠着丁香，往上爬，爬，爬……终于把花挂上树梢。丁香被缠死了，砍作柴烧了。他倒在地上，喘着气，窥视着另一株树……

仙人掌

她不想用鲜花向主人献媚，遍身披上刺刀。主人把她逐出花园，也不给水喝。在野地里，在沙漠中，她活着，繁殖着儿女……

梅

在姐姐妹妹里，她的爱情来得最迟。春天，百花用媚笑引诱蝴蝶的时候，她却把自己悄悄地许给了冬天的白雪。轻佻的蝴蝶是不配吻她的，正如别的花不配被白雪抚爱一样。在姐姐妹妹里，她笑得最晚，笑得最美丽。

毒菌

在阳光照不到的河岸，他出现了。白天，用美丽的彩衣，黑夜，用暗绿的磷火，诱惑人类。然而，连三岁孩子也不去采他。因为，妈妈说过，那是毒蛇吐的唾液……

一九五六年十月三十日成都

原载1957年《星星》创刊号

故园九咏

我家

荒园有谁来！
点点斑斑，小路起青苔。
金风派遣落叶，
飘到窗前，纷纷如催债。
失学的娇女牧鹅归，
苦命的乖儿摘野菜。
檐下坐贤妻，
一针针为我补破鞋。
秋花红艳无心赏，
贫贱夫妻百事哀。

中秋

纸窗亮，负儿去工场。
赤脚裸身锯大木。
音韵铿锵，节奏悠扬。
爱他铁齿有情，
养我一家四口；
恨他铁齿无情，

啃我壮年时光。

啃完春，啃完夏，
晚归忽闻桂花香。
屈指今夜中秋节，
叫贤妻快来窗前看月亮。
妻说月色果然好，
明晨又该洗衣裳，
不如早上床！

芳邻

邻居脸上多春色，
夜夜邀我作客。
一肚皮的牢骚，
满嘴巴的酒气，
待我极亲热。

最近造反当了官，
脸上忽来秋色。
猛揭我的"放毒"，
狠批我的"复辟"，
交情竟断绝。

他家小狗太糊涂，
依旧对我摇尾又舔舌。
我说不要这样做了，
它却听不懂，
语言有隔阂。

乞丐

门外谁呼唤？
河南父老，逃荒来讨饭。
"俺们不是坏人！"
怀中掏出证件。

东家端来剩菜汤，
西家端来陈饭。

儿学英文识 beggar（乞丐），
这回亲眼看见。

愧我书生无能，
敢怒不敢言。
呼儿送去冷红薯，
羞见父老，掩门一声叹。

哄小儿

爸爸变了棚中牛，
今日又变家中马。
笑跪床上四蹄爬，
乖乖儿，快来骑马马！

爸爸驮你打游击，
你说好耍不好耍？
小小屋中有自由，
门一关，就是家天下。

莫要跑到门外去，
去到门外有人骂。
只怪爸爸连累你，
乖乖儿，快用鞭子打！

焚书

留你留不得，
藏你藏不住。
今宵送你进火炉，
永别了，
契诃夫！

夹鼻眼镜山羊胡，
你在笑，我在哭。
灰飞烟灭光明尽，
永别了，
契诃夫！

夜读

一天风雪雪断路，
晚来关门读禁书。
脚踏烘笼手搓手，
一句一笑吟，
一句一欢呼。

刚刚读到最佳处，
可惜瓶灯油又枯。
鸡声四起难入睡，
墙缝月窥我，
弯弯一把梳。

夜捕

儿女拉我园中去，
篱边夜捕蟋蟀。
静悄悄，步步侧耳听，
小女握瓶，小儿照灯火。

一回捕获八九个，
从此荒园夜夜不闻歌。
且看瓶中何所有，
断腿冤虫，悲哀与寂寞。

残冬

天地迷蒙好大雾，
竹篱茅舍都遮住。
手冻僵，脚冻木，
破烂衣裳空着肚。
一早忙出门，
贤妻问我去何处。

我去园中看腊梅，
昨晚幽香吹入户。
向南枝，花已露，
不怕檐冰结成柱。

春天就要来，
你听鸟啼残雪树！

断断续续写在 70 年代中期
选自《流沙河诗集》，上海文艺出版社 1982 年版

李瑛

李瑛（1926— ），河北丰润人。毕业于北京大学中文系。曾任解放军总政文化部部长、中国作家协会理事、中国文联副主席等。现任中国诗歌学会副会长和《诗刊》编委。诗作多以战士生活为题材，感情真挚、激昂，想象丰富，颇具刚健、豪放之风。出版诗集《静静的哨所》《我骄傲，我是一棵树》《春的笑容》《生命是一片叶子》等。

哨所鸡啼

是云？是雾？是烟？
裹着苍茫的港湾；
是烟？是云？是雾？
压着港湾的高山。

山上山下，一团混沌，
何时才能飞出霞光一片？
忽然间，哪里，在哪里，
一个生命在快乐地呐喊。

压住了千波万壑，
吐出了满腔喜欢；
嘀！是我们哨所的雄鸡，
声声啼破宁静的港湾！

看它昂立在群山之上，
拍一拍翅膀，引颈高唱；

牵一线阳光在边境降临,
霎时便染红了万里江山。

莫非是学习了战士的性格,
所以才如此豪迈、威严?
因为它是战士的伙伴,
所以才唱出了士兵的情感!

一九六〇年十二月于大孤山
原载《静静的哨所》,解放军文艺出版社 1963 年版

○ 郭小川

郭小川（1919—1976），原名郭恩大，河北丰宁人。诗作时代特色鲜明，体式上多有创新，语言质朴，具有昂扬的战斗精神。出版诗集《平原老人》《投入火热的斗争》《致青年公民》《雪与山谷》《鹏程万里》《昆仑行》等。另有《郭小川全集》（1～12卷）。

望星空

一

今夜呀，
我站在北京的街头上。
向星空瞭望。
明天哟，
一个紧要任务，
又要放在我的双肩上。
我能退缩吗？
只有迈开阔步，
踏万里重洋；
我能叫嚷困难吗？
只有挺直腰身，
承担千斤重量。
心房呵，
不许你这般激荡！……
此刻呵，
最该是我沉着镇定的时光。

而星空，
却是异样地安详。
夜深了，
风息了，
雷雨逃往他乡。
云飞了，
雾散了，
月亮躲在远方。
天海平平，
不起浪，
四围静静，
无声响。

但星空是壮丽的，
雄厚而明朗。
穹窿呵，
深又广，
在那神秘的世界里，
好像竖立着层层神秘的殿堂。
大气呵，
浓又香，
在那奇妙的海洋中，
仿佛流荡着奇妙的酒浆。
星星呵，
亮又亮，
在浩大无比的太空里，
点起万古不灭的盏盏灯光。
银河呀，
长又长，
在没有涯际的宇宙中，
架起没有尽头的桥梁。

呵，星空，
只有你，
称得起万寿无疆！
你看过多少次：

冰河解冻，
火山喷浆！
你赏过多少回：
白杨吐绿，
柳絮飞霜！
在那遥远的高处，
在那不可思议的地方，
你观尽人间美景，
饱看世界沧桑。
时间对于你，
跟空间一样——
无穷无尽，
浩浩荡荡。

二

呵，
望星空，
我不免感到惆怅。
说什么：
身宽气盛，
年富力强！
怎比得：
你那根深蒂固，
源远流长！
说什么：
情豪志大，
心高胆壮！
怎比得：
你那阔大胸襟，
无限容量！

我爱人间，
我在人间生长，
但比起你来，
人间还远不辉煌。
走千山，
涉万水，

登不上你的殿堂。
过大海，
越重洋，
饮不到你的酒浆。
千堆火，
万盏灯，
不如一颗小小星光亮。
千条路，
万座桥，
不如银河一节长。

我游历过半个地球，
从东方到西方。
地球的阔大幅员，
引起我的惊奇和赞赏。
可谁能知道：
宇宙里有多少星星，
是地球的姊妹行！
谁曾晓得：
天空中有多少陆地，
能够充作人类的家乡！
远方的星星呵，
你看得见地球吗？
——一片迷茫！
远方的陆地呵，
你感觉到我们的存在吗？
——怎能想象！

生命是珍贵的，
为了赞颂战斗的人生，
我写下成册的诗章；
可是在人生的路途上，
又有多少机缘，
向星空瞭望！
在人生的行程中，
又有多少个夜晚，
见星空如此安详！

在伟大的宇宙的空间，
人生不过是流星般的闪光。
在无限的时间的河流里，
人生仅仅是微小又微小的波浪。
呵，星空，
我不免感到惆怅！
于是我带着惆怅的心情，
走向北京的心脏……

三

忽然之间，
壮丽的星空，
一下子变了模样。
天黑了，
星小了，
高空显得黯淡无光，
云没有来，
风没有刮，
却像有一股阴霾罩天上。
天窄了，
星低了，
星空不再辉煌。
夜没有尽，
月没有升，
太阳也不曾起床。

呵，这突然的变化，
使我感到迷惘，
我不能不带着格外的惊奇，
向四围寻望：
就在我的近边，
在天安门广场，
升起了一座美妙的人民会堂；
就在那会堂的里面，
在宴会厅的杯盏中，
斟满了芬芳的友谊的酒浆；
就在我的两侧，

在长安街上，
挂出了长串的灯光；
就在那灯光之下，
在北京的中心，
架起了一座银河般的桥梁。

这是天上人间吗？
不，人间天上！
这是天堂中的大地吗？
不，大地上的天堂。
真实的世界呵，
一点也不虚妄；
你朴质地描述吧，
不需要作半点夸张！
是谁说的呀——
星空比人间还要辉煌？
是什么人呀——
在星空下感到忧伤？
今夜哟，
最该是我沉着镇定的时光！

是的，
我错了，
我曾是如此地神情激荡！
此刻我才明白：
刚才是我望星空，
而不是星空向我瞭望。
我们生活着，
而没有生命的宇宙，
既不生活也不死亡。
我们思索着，
而不会思索的穹窿，
总是露出呆相。
星空哟，
面对着你，
我有资格挺起胸膛。

四

当我怀着自豪的感情，
再向星空瞭望。
我的身子，
充溢着非凡的力量。
因为我知道：
在一切最好的传统之上，
我们的队伍已经组成，
犹如浩荡的万里长江。
而我自己呢，
早就全副武装，
在我们的行列里。
充当了一名小小的兵将。

可是呵，
我和我的同志一样，
决不会在红灯绿酒之前，
神魂飘荡。
我们要在地球与星空之间，
修建一条走廊，
把大地上的楼台殿阁，
移往辽阔的天堂。
我们要在无限的高空，
架起一座桥梁，
把人间的山珍海味，
送往迢遥的上苍。

真的，
我和我的同志一样，
决不只是"自扫门前雪"，
而是定管"他人瓦上霜"。
我们要把长安街上的灯火，
延伸到远方；
让万里无云的夜空，
出现千千万万个太阳。
我们要把广漠的穹窿，

变成繁华的天安门广场，
让满天星斗，
全成为人类的家乡。

而星空呵，
不要笑我荒唐！
我是诚实的，
从不痴心妄想。
人生虽是暂短的，
但只有人类的双手，
能够为宇宙穿上盛装；
世界呀，
由于人的生存，
而有了无穷的希望。
你呵，
还有什么艰难，
使你力不可当？
请再仔细抬头瞭望吧！
出发于盟邦的新的火箭，
正遨游于辽远的星空之上。

一九五九年十月改成
原载《人民文学》1959 年第 11 期

甘蔗林

——青纱帐

南方的甘蔗林哪,南方的甘蔗林!
你为什么这样香甜,又为什么那样严峻?
北方的青纱帐啊,北方的青纱帐!
你为什么那样遥远,又为什么这样亲近?

我们的青纱帐哟,跟甘蔗林一样地布满浓荫,
那随风摆动的长叶啊,也一样地鸣奏嘹亮的琴音;
我们的青纱帐哟,跟甘蔗林一样地脉脉情深,
那载着阳光的露珠啊,也一样地照亮大地的清晨。

肃杀的秋天毕竟过去了,繁华的夏日已经来临,
这香甜的甘蔗林哟,哪还有青纱帐里的艰辛!
时光像泉水一般涌啊,生活像海浪一般推进,
那遥远的青纱帐哟,哪曾有甘蔗林里的芳芬!

我年青时代的战友啊,青纱帐里的亲人!
让我们到甘蔗林集合吧,重新会会昔日的风云;
我战争中的伙伴啊,一起在北方长大的弟兄们!
让我们到青纱帐去吧,喝令时间退回我们的青春。

可记得?我们曾经有过一个伟大的发现:
住在青纱帐里,高粱秸比甘蔗还要香甜;
可记得?我们曾经有过一个大胆的判断:
无论上海或北京,都不如这高粱地更叫人留恋。

可记得?我们曾经有过一种有趣的梦幻:
革命胜利以后,我们一道捋着白须、游遍江南;
可记得?我们曾经有过一点渺小的心愿:

到了社会主义时代，狠狠心每天抽它三支香烟。

可记得？我们曾经有过一个坚定的信念：
即使死了化为粪土，也能叫高粱长得秆粗粒圆；
可记得？我们曾经有过一次细致的计算：
只要青纱帐不倒，共产主义肯定要在下一代实现。

可记得？在分别时，我们定过这样的方案：
将来，哪里有严重的困难，我们就在哪里见面。
可记得？在胜利时，我们发过这样的誓言：
往后，生活不管甜苦，永远也不忘记昨天和明天。

我年青时代的战友啊，青纱帐里的亲人！
你们有的当了厂长、学者，有的做了编辑、将军，
能来甘蔗林里聚会吗？——不能又有什么要紧！
我知道，你们有能力驾驭任何险恶的风云。

我战争中的伙伴啊，一起在北方长大的弟兄们！
你们有的当了工人、教授，有的做了书记、农民，
能再回到青纱帐去吗？——生活已经全新，
我知道，你们有勇气唤回自己的战斗的青春。

南方的甘蔗林哪，南方的甘蔗林！
你为什么这样香甜，又为什么那样严峻？
北方的青纱帐啊，北方的青纱帐！
你为什么那样遥远，又为什么这样亲近？

　　　　　　　　　　一九六二年三月至六月，厦门—北京
　　　　　　　　　　原载《人民文学》1962 年第 7 期

食 指

食指(1948—),原名郭路生,原籍山东鱼台,从小在北京长大。朦胧诗派的代表人物之一,有"朦胧诗鼻祖"之誉。20世纪60年代开始诗歌写作。早期作品广泛传诵于知青和都市青年中,80年代后逐渐引起诗界重视,90年代后其创作成就和诗歌史地位得到公认。已出版诗集《相信未来》《食指·黑大春现代抒情诗合集》《诗探索金库·食指卷》《食指的诗》等。

这是四点零八分的北京

这是四点零八分的北京
一片手的海浪翻动
这是四点零八分的北京
一声尖厉的汽笛长鸣

北京车站高大的建筑
突然一阵剧烈地抖动
我吃惊地望着窗外
不知发生了什么事情

我的心骤然一阵疼痛,一定是
妈妈缀扣子的针线穿透了心胸
这时,我的心变成了一只风筝
风筝的线绳就在妈妈的手中

线绳绷得太紧了,就要扯断了
我不得不把头探出车厢的窗棂

直到这里,直到这个时候
我才明白发生了什么事情

——一阵阵告别的声浪
　　就要卷走车站
　　北京在我的脚下
　　已经缓缓地移动

我再次向北京挥动手臂
想一把抓住她的衣领
然后对她亲热地叫喊:
永远记着我,妈妈啊北京

终于抓住了什么东西
管他是谁的手,不能松
因为这是我的北京
这是我的最后的北京

　　　　　　　　　　一九六八年十二月二十日
　　　　　　　　　　原载《今天》1979 年第 4 期

相信未来

当蜘蛛网无情地查封了我的炉台,
当灰烬的余烟叹息着贫困的悲哀,
我依然固执地铺平失望的灰烬,
用美丽的雪花写下:相信未来。

当我的紫葡萄化为深秋的露水,
当我的鲜花依偎在别人的情怀,
我依然固执地用凝霜的枯藤

在凄凉的大地上写下：相信未来。

我要用手指那涌向天边的排浪，
我要用手掌托起太阳的大海，
摇曳着曙光那枝温暖漂亮的笔杆，
用孩子的笔体写下：相信未来。

我之所以坚定地相信未来，
是我相信未来人们的眼睛——
她有拨开历史风尘的睫毛，
她有看透岁月篇章的瞳孔。

不管人们对于我们腐烂的皮肉，
那些迷途的惆怅、失败的苦痛。
是寄予感动的热泪、深切的同情，
还是给以轻蔑的微笑、辛辣的嘲讽。

我坚信人们对于我们的脊骨，
那无数次的探索、迷途、失败和成功，
一定会给予客观、公正的评定。
是的，我焦急地等待着他们的评定。

朋友，坚定地相信未来吧，
相信不屈不挠的努力，
相信战胜死亡的年轻，
相信未来，热爱生命。

一九六八年
选自《食指的诗》，人民文学出版社 2000 年版

热爱生命

也许我瘦弱的身躯像攀附的葛藤，
把握不住自己命运的前程，
那请在凄风苦雨中听我的声音，
仍在反复地低语：热爱生命。

也许经过人生激烈的搏斗后，
我死得比那湖水还要平静。
那请去墓地寻找我的碑文，
上面仍会刻着：热爱生命。

我下决心：用痛苦来做砝码，
我有信心：以人生作为天平。
我要称出一个人生命的价值，
要后代以我为榜样：热爱生命。

的确，我十分珍惜属于我的
那条曲曲弯弯的荒草野径，
正是通过这条曲折的小路，
我才认识到如此艰辛的人生。

我流浪儿般地赤着双脚走来，
深感到途程上顽石棱角的坚硬，
再加上那一丛丛拦路的荆棘，
使我每一步都留下一道血痕。

我乞丐似地光着脊背走去，
深知道冬天风雪中的饥饿寒冷，
和夏天毒日头烈火一般的灼热，
这使我百倍地珍惜每一丝温情。

但我有着向命运挑战的个性,
虽是屡经挫败,我绝不轻从。
我能顽强地活着,活到现在,
就在于:相信未来,热爱生命。

一九七九年
选自《诗探索金库·食指卷》,作家出版社 1998 年版

秋 意

秋雨读着落叶上的诗句,
经秋风选送,寄给了编辑,
那绿叶喧哗的青春时代,
早装订成册为精美的诗集。

有一片秋叶竟飘进我心里,
上面还带着晶莹的泪滴,
款款落在我胸中的旷野,
伏在我心头上低声抽泣。

辨别得出,是你的泪水,
苦苦的,咸咸的,挺有诗意,
可滴在我心中未愈合的伤口上,
却是一阵阵痛心的回忆。

一九八七年
选自《诗探索金库·食指卷》,作家出版社 1998 年版

北岛

北岛（1949— ），原名赵振开，祖籍浙江湖州，生于北京。朦胧诗派的代表人物之一，主编《今天》杂志。诗作意象奇崛，风格冷峻，思辨性强。诗歌代表作有《回答》《一切》《太阳城札记》等。已出版诗集《陌生的海滩》《北岛诗选》《在天涯》《午夜歌手——北岛诗选1972—1994》《零度以上的风景线》《开锁》等。

回　答

卑鄙是卑鄙者的通行证，
高尚是高尚者的墓志铭。
看吧，在那镀金的天空中，
飘满了死者弯曲的倒影。

冰川纪过去了，
为什么到处都是冰凌？
好望角发现了，
为什么死海里千帆相竞？

我来到这个世界上，
只带着纸、绳索和身影，
为了在审判之前，
宣读那些被判决的声音：

告诉你吧，世界
我——不——相——信！
纵使你脚下有一千名挑战者，

那就把我算作第一千零一名。

我不相信天是蓝的；
我不相信雷的回声；
我不相信梦是假的；
我不相信死无报应。

如果海洋注定要决堤，
就让所有的苦水都注入我心中。
如果陆地注定要上升，
就让人类重新选择生存的峰顶。

新的转机和闪闪星斗，
正在缀满没有遮拦的天空，
那是五千年的象形文字，
那是未来人们凝视的眼睛。

一九七六年四月
原载《诗刊》1979 年第 3 期

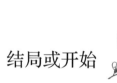

结局或开始

——献给遇罗克

我，站在这里
代替另一个被杀害的人
为了每当太阳升起
让沉重的影子像道路
穿过整个国土

悲哀的雾

覆盖着补丁般错落的屋顶
在房子与房子之间
烟囱喷吐着灰烬般的人群
温暖从明亮的树梢吹散
逗留在贫困的烟头上
一只只疲倦的手中
升起低沉的乌云

以太阳的名义
黑暗在公开地掠夺
沉默依然是东方的故事
人民在古老的壁画上
默默地永生
默默地死去

呵，我的土地
你为什么不再歌唱
难道连黄河纤夫的绳索
也像崩断的琴弦
不再发出鸣响
难道时间这面晦暗的镜子
也永远背对着你
只留下星星和浮云

我寻找着你
在一次次梦中
一个个多雾的夜里或早晨
我寻找春天和苹果树
蜜蜂牵动的一缕缕微风
我寻找海岸的潮汐
浪峰上的阳光变成的鸥群
我寻找砌在墙里的传说
你和我被遗忘的姓名

如果鲜血会使你肥沃
明天的枝头上
成熟的果实

会留下我的颜色

必须承认
在死亡白色的寒光中
我，战栗了
谁愿意做陨石
或受难者冰冷的塑像
看着不熄的青春之火
在别人的手中传递
即使鸽子落到肩上
也感不到体温和呼吸
它们梳理一番羽毛
又匆匆飞去

我是人
我需要爱
我渴望在情人的眼睛里
度过每个宁静的黄昏
在摇篮的晃动中
等待着儿子第一声呼唤
在草地和落叶上
在每一道真挚的目光上
我写下生活的诗
这普普通通的愿望
如今成了做人的全部代价

一生中
我曾多次撒谎
却始终诚实地遵守着
一个儿时的诺言
因此，那与孩子的心
不能相容的世界
再也没有饶恕过我

我，站在这里
代替另一个被杀害的人
没有别的选择
在我倒下的地方

将会有另一个人站起
我的肩上是风
风上是闪烁的星群

也许有一天
太阳变成了萎缩的花环
垂放在
每一个不屈的战士
森林般生长的墓碑前
乌鸦,这夜的碎片
纷纷扬扬

原载《上海文学》1980 年第 12 期

古　寺

消失的钟声
结成蛛网,在裂缝的柱子里
扩散成一圈圈年轮
没有记忆,石头
空蒙的山谷里传播回声的
石头,没有记忆
当小路绕开这里的时候
龙和怪鸟也飞走了
从房檐上带走喑哑的铃铛
荒草一年一度
生长,那么漠然
不在乎它们屈从的主人
是僧侣的布鞋,还是风
石碑残缺,上面的文字已经磨损
仿佛只有在一场大火之中
才能辨认,也许

会随着一道生者的目光
乌龟在泥土中复活
驮着沉重的秘密，爬出门槛

原载《上海文学》1981 年第 5 期

迷　途

沿着鸽子的哨音
我寻找着你
高高的森林挡住了天空
小路上
一棵迷途的蒲公英
把我引向蓝灰色的湖泊
在微微摇晃的倒影中
我找到了你
那深不可测的眼睛

选自《北岛诗选》，新世纪出版社 1986 年版

○ 多

多

多多（1951— ），本名粟世征，1951年出生于北京。朦胧诗派的代表人物之一。1972年开始写诗，1982年开始发表作品，是20世纪70年代中国为数不多的现代诗歌探索者之一。2010年获得纽斯塔特国际文学奖。诗歌代表作有《玛格丽和我的旅行》《手艺》《致太阳》等。已出版诗集《行礼：诗38首》《里程》《阿姆斯特丹的河流》等。

致太阳

给我们家庭，给我们格言
你让所有的孩子骑上父亲肩膀
给我们光明，给我们羞愧
你让狗跟在诗人后面流浪

给我们时间，让我们劳动
你在黑夜中长睡，枕着我们的希望
给我们洗礼，让我们信仰
我们在你的祝福下，出生然后死亡

查看和平的梦境、笑脸
你是上帝的大臣
没收人间的贪婪、嫉妒
你是灵魂的君王

热爱名誉，你鼓励我们勇敢
抚摸每个人的头，你尊重平凡

你创造，从东方升起
你不自由，像一枚四海通用的钱！

一九七三年
选自《阿姆斯特丹的河流》，北岳文艺出版社 2000 年版

手 艺

——和玛琳娜·茨维塔耶娃

我写青春沦落的诗
（写不贞的诗）
写在窄长的房间中
被诗人奸污
被咖啡馆辞退街头的诗
我那冷漠的
再无怨恨的诗
（本身就是一个故事）
我那没有人读的诗
正如一个故事的历史
我那失去骄傲
失去爱情的
（我那贵族的诗）
她，终会被农民娶走
她，就是我荒废的时日……

一九七三年
选自《阿姆斯特丹的河流》，北岳文艺出版社 2000 年版

○ 舒 婷

舒婷（1952— ），原名龚佩瑜，福建厦门人。朦胧诗派的代表人物之一。诗作在朦胧的氛围中流露出理性的思考，擅长运用比喻、象征等艺术手法表达内心独到而深刻的感受，是浪漫主义和现代主义风格相结合的产物。诗歌代表作有《致橡树》《祖国啊，我亲爱的祖国》《这也是一切》。已出版诗集《双桅船》《会唱歌的鸢尾花》等。

中秋夜

海岛八月中秋，
芭蕉摇摇，
龙眼熟坠。
不知有"花朝月夕"，
只因年来风雨见多。
当激情招来十级风暴，
心，不知在哪里停泊。

道路已经选择，
没有蔷薇花，
并不曾后悔过。
人在月光里容易梦游，
渴望得到也懂得温柔。
要使血不这样奔流，
凭二十四岁的骄傲显然不够。

要有坚实的肩膀，

能靠上疲倦的头;
需要有一双手,
来支持最沉重的时刻。
尽管明白,
生命应当完全献出去,
留多少给自己,
就有多少忧愁。

一九七六年九月
选自《双桅船》,上海文艺出版社 1982 年版

致橡树

我如果爱你——
绝不像攀援的凌霄花
借你的高枝炫耀自己;
我如果爱你——
绝不学痴情的鸟儿
为绿荫重复单调的歌曲;
也不止像泉源
长年送来清凉的慰藉;
也不止像险峰
增加你的高度,衬托你的威仪。
甚至日光。
甚至春雨。
不,这些都还不够!
我必须是你近旁的一株木棉,
作为树的形象和你站在一起。
根,紧握在地下
叶,相触在云里。
每一阵风吹过

我们都互相致意，
但没有人
听懂我们的言语。
你有你的铜枝铁干
像刀、像剑
也像戟；
我有我红硕的花朵
像沉重的叹息，
又像英勇的火炬。
我们分担寒潮、风雷、霹雳；
我们共享雾霭、流岚、虹霓。
仿佛永远分离，
却又终身相依。
这才是伟大的爱情，
坚贞就在这里：
爱——
不仅爱你伟岸的身躯，
也爱你坚持的位置，足下的土地。

一九七七年三月二十七日
原载《诗刊》1979年第4期

双桅船

雾打湿了我的双翼
可风却不容我再迟疑
岸啊，心爱的岸
昨天刚刚和你告别
今天你又在这里
明天我们将在
另一个纬度相遇

是一场风暴、一盏灯
把我们联系在一起
是另一场风暴、另一盏灯
使我们再分东西
不怕天涯海角
岂在朝朝夕夕
你在我的航程上
我在你的视线里

一九七九年十一月
选自《双桅船》，上海文艺出版社 1982 年版

神女峰

在向你挥舞的各色花帕中
是谁的手突然收回
紧紧捂住了自己的眼睛
当人们四散离去，谁
还站在船尾
衣裙漫飞，如翻涌不息的云
江涛
  高一声
    低一声

美丽的梦留下美丽的忧伤
人间天上，代代相传
但是，心
真能变成石头吗
为眺望远天的杳鹤
而错过无数次春江月明

沿着江岸
金光菊和女贞子的洪流
正煽动新的背叛
　　　与其在悬崖上展览千年
　　　不如在爱人肩头痛哭一晚

　　　　　　　　　　　　　　　一九八一年六月于长江
　　　　　　　　　　　　　　　原载《星星》1982 年第 4 期

会唱歌的鸢尾花

我的忧伤因为你的照耀
升起一圈淡淡的光轮
　　　　　——题记

一

在你的胸前
我已变成会唱歌的鸢尾花
你呼吸的轻风吹动我
在一片丁当响的月光下

用你宽宽的手掌
暂时
覆盖我吧

二

现在我可以做梦了吗
雪地。大森林
古老的风铃和斜塔
我可以要一株真正的圣诞树吗
上面挂满
溜冰鞋、神笛和童话

焰火、喷泉般炫耀欢乐
我可以大笑着在街上奔跑吗

三

我那小篮子呢
我的丰产田里长草的秋收啊
我那旧水壶呢
我的脚手架下干渴的午休啊
我的从未打过的蝴蝶结
我的英语练习：I love you，love you
我在街灯下折叠而又拉长的身影啊
我那无数次
　　流出来又咽进去的泪水啊

还有
还有

不要问我
为什么在梦中微微转侧
往事，像躲在墙角的蛐蛐
小声而固执地呜咽着

四

让我做个宁静的梦吧
不要离开我
那条很短很短的街
我们已经走了很长很长的岁月

让我做个安详的梦吧
不要惊动我
别理睬那盘旋不去的鸦群
只要你眼中没有一丝阴云

让我做个荒唐的梦吧
不要笑话我
我要葱绿地每天走进你的诗行
又绯红地每晚回到你的身旁

让我做个狂悖的梦吧
原谅并且容忍我的专制
当我说：你是我的！你是我的
亲爱的，不要责备我……
我甚至渴望
　　涌起热情的千万层浪头
　　千万次把你淹没

五

当我们头挨着头
像乘着向月球去的高速列车
世界发出尖锐的啸声向后倒去
时间疯狂地旋转
　　雪崩似地纷纷摔落

当我们悄悄对视
灵魂像一片画展中的田野
一涡儿一涡儿阳光
吸引我们向更深处走去
　　寂静、充实、和谐

六

就这样
握着手坐在黑暗里
听任那古老而又年轻的声音
在我们心中穿来穿去
即使有个帝王前来敲门
你也不必搭理

但是……

七

等等！那是什么？什么声响
唤醒我血管里猩红的节拍
　　在我晕眩的时候
　　永远清醒的大海啊
那是什么？谁的意志
使我肉体和灵魂的眼睛一齐睁开

"你要每天背起十字架
跟我来"

八

伞状的梦
蒲公英一般飞逝
四周一片环形山

九

我情感的三角梅啊
你宁可生生灭灭
回到你风风雨雨的山坡
不要在花瓶上摇曳

我天性中的野天鹅啊
你即使负着枪伤
也要横越无遮拦的冬天
不要留恋带栏杆的春色

然而,我的名字和我的信念
已同时进入跑道
代表民族的某个单项纪录
我没有权利休息
生命的冲刺
没有终点,只有速度

十

向
将要做出最高裁决的天空
我扬起脸

风啊,你可以把我带去
但我还有为自己的心
承认不当幸福者的权利

十一

亲爱的,举起你的灯
照我上路

让我同我的诗行一起远播吧

理想之钟在沼地后面敲响，夜那么柔和
村庄和城市簇在我的臂弯里，灯光拱动着
让我的诗行随我继续跋涉吧
大道扭动触手高声叫嚷：不能通过
泉水纵横的土地却把路标交给了花朵

十二

我走过钢齿交错的市街，走向广场
我走进南瓜棚、走出青稞地、深入荒原
生活不断铸造我
一边是重轭、一边是花冠
却没有人知道
我还是你的不会做算术的笨姑娘
无论时代的交响怎样立刻卷去我的呼应
你仍然能认出我那独一无二的声音

十三

我站得笔直
无畏、骄傲，分外年轻
痛苦的风暴在心底
太阳在额前
我的黄皮肤光亮透明
我的黑头发丰洁茂盛
中国母亲啊
给你应声而来的儿女
重新命名

十四

把我叫作你的"桦树苗儿"
你的"蔚蓝的小星星"吧，妈妈
如果子弹飞来
就先把我打中
我微笑着，眼睛分外清明地
从母亲的肩头慢慢滑下
不要哭泣了，红花草
血，在你的浪尖上燃烧

……

十五

到那时候，心爱的人
你不要悲伤
虽然再没有人
　　扬起浅色衣裙

　　　穿过蝉声如雨的小巷
　　　来敲你的彩色玻璃窗
虽然再没有淘气的手
　　把闹钟拨响
　　　着恼地说：现在各就各位
　　　去，回到你的航线上
你不要在玉石的底座上
塑造我简朴的形象
更不要陪孤独的吉他
把日历一页一页往回翻

十六

你的位置
在那旗帜下
理想使痛苦光辉
这是我嘱托橄榄树
留给你的
最后一句话

和鸽子一起来找我吧
在早晨来找我
你会从人们的爱情里
找到我
找到你的
　　　会唱歌的鸢尾花

一九八一年十月二十八日
原载《诗刊》1982 年第 2 期

芒克

芒克（1950— ），原名姜世伟。朦胧诗派的代表人物之一。1969—1976年在河北省白洋淀"插队"。1978年底和北岛创办《今天》杂志。诗歌代表作有《阳光中的向日葵》《老房子》《黄昏》等。已出版诗集《心事》《阳光中的向日葵》《没有时间的时间》《今天是哪一天》等。

葡萄园

一小块葡萄园，
是我发甜的家。

当秋风突然走进哐哐作响的门口，
我的家园都是含着眼泪的葡萄。

那使院子早早暗下来的墙头，
几只鸽子惊慌飞走。

胆怯的孩子把弄脏的小脸
偷偷地藏在房后。

平时总是在这里转悠的狗，
这会儿不知溜到哪里去了。

一群红色的鸡满院子扑腾，
咯咯地叫个不停。

我眼看着葡萄掉在地上,
血在落叶中间流。

这真是个想安宁也不得安宁的日子,
这是在我家失去阳光的时候。

一九七八年
选自《芒克诗选》,中国文联出版社 1989 年版

阳光中的向日葵

你看到了吗
你看到阳光中的那棵向日葵了吗
你看它,它没有低下头
而是把头转向身后
它把头转了过去
就好像是为了一口咬断
那套在它脖子上的
那牵在太阳手中的绳索

你看到了吗
你看到那棵昂着头
怒视着太阳的向日葵了吗
它的头几乎已把太阳遮住
它的头即使是在没有太阳的时候
也依然在闪耀着光芒

你看到那棵向日葵了吗
你应该走近它
你走近它便会发现
它脚下的那片泥土

每抓起一把
都一定会攥出血来

一九八三年
选自《芒克诗选》,中国文联出版社 1989 年版

顾城

顾城（1956—1993），原籍上海，生于北京。朦胧诗派的代表人物之一。有"唯灵浪漫主义诗人""童话诗人"之称。1969年随父亲下放山东，1974年回京。20世纪80年代末以后旅居海外。1993年在新西兰寓所因婚变砍杀妻子谢烨后自缢。已出版诗集《黑眼睛》《顾城新诗自选集》《灵台独语》《走了一万一千里路》等。另有《顾城诗全编》。

一代人

黑夜给了我黑色的眼睛
我却用它寻找光明

一九七九年四月
选自《黑眼睛》，人民文学出版社1986年版

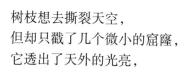

星月的由来

树枝想去撕裂天空，
但却只戳了几个微小的窟窿，
它透出了天外的光亮，

人们把它叫作月亮和星星。

选自《黑眼睛》,人民文学出版社 1986 年版

远和近

你
一会看我
一会看云

我觉得
你看我时很远
你看云时很近

一九八〇年六月
选自《黑眼睛》,人民文学出版社 1986 年版

弧 线

鸟儿在疾风中
迅速转向

少年去捡拾
一枚分币

葡萄藤因幻想
而延伸的触丝

海浪因退缩
而耸起的背脊

一九八〇年八月
选自《黑眼睛》，人民文学出版社 1986 年版

我是一个任性的孩子

——我想在大地上画满窗子，让所有习惯黑暗的眼睛，都习惯光明

也许
我是被妈妈宠坏的孩子
我任性

我希望
每一个时刻
都像彩色蜡笔那样美丽
我希望
能在心爱的白纸上画画
画出笨拙的自由
画下一只永远不会
流泪的眼睛
一片天空
一片属于天空的羽毛和树叶
一个淡绿的夜晚和苹果

我想画下早晨
画下露水

所能看见的微笑
画下所有最年轻的
没有痛苦的爱情
画下想象中
我的爱人
她没有见过阴云
她的眼睛是晴空的颜色
她永远看着我
永远，看着
绝不会忽然掉过头去

我想画下遥远的风景
画下清晰的地平线和水波
画下许许多多快乐的小河
画下丘陵——
长满淡淡的茸毛
我让它们挨得很近
让它们相爱
让每一个默许
每一阵静静的春天的激动
都成为
一朵小花的生日

我还想画下未来
我没有见过她，也不可能
但知道她很美
我画下她秋天的风衣
画下那些燃烧的烛火和枫叶
画下许多因为爱她
而熄灭的心
画下婚礼
画下一个个早早醒来的节日——
上面贴着玻璃糖纸
和北方童话的插图

我是一个任性的孩子
我想涂去一切不幸
我想在大地上

画满窗子
让所有习惯黑暗的眼睛
都习惯光明
我想画下风
画下一架比一架更高大的山岭
画下东方民族的渴望
画下大海——
无边无际愉快的声音

最后,在纸角上
我还想画下自己
画下一只树熊
他坐在维多利亚深色的丛林里
坐在安安静静的树枝上
发愣
他没有家
没有一颗留在远处的心
他只有很多很多
浆果一样的梦
和很大很大的眼睛

我在希望
在想
但不知为什么
我没有领到蜡笔
没有得到一个彩色的时刻
我只有我
我的手指和创痛
只有撕碎那一张张
心爱的白纸
让它们去寻找蝴蝶
让它们从今天消失

我是一个孩子
一个被幻想妈妈宠坏的孩子
我任性

一九八一年三月
选自《黑眼睛》,人民文学出版社 1986 年版

江 河

江河(1949—),原名于友泽,祖籍河北涿州,生于北京,现居美国。朦胧诗派代表诗人之一,诗作具有厚重的历史感。已出版诗集《从这里开始》《太阳和他的反光》等。诗作《纪念碑》获1979—1980年全国中青年诗人优秀诗歌奖。

纪念碑

我常常想
生活应该有一个支点
这支点
是一座纪念碑

天安门广场
在用混凝土筑成的坚固底座上
建筑起中华民族的尊严
纪念碑
历史博物馆和人民大会堂
像一台巨大的天平
一边
是历史,是昨天的教训
另一边
是今天,是魄力和未来

纪念碑默默地站在那里
像胜利者那样站着
像经历过许多次失败的英雄

在沉思
整个民族的骨骼是他的结构
人民巨大的牺牲给了他生命
他从东方古老的黑暗中醒来
把不能忘记的一切都刻在身上
从此
他的眼睛关注着世界和革命
他的名字叫人民

我想
我就是纪念碑
我的身体里垒满了石头
中华民族的历史有多么沉重
我就有多少重量
中华民族有多少伤口
我就流出过多少血液

江 河 — 纪念碑

我就站在
昔日皇宫的对面
那金子一样的文明
有我的智慧，我的劳动
我的被掠夺的珠宝
以及太阳升起的时候
琉璃瓦下紫色的影子
——我苦难中的梦境
在这里
我无数次地被出卖
我的头颅被砍去
身上还留着锁链的痕迹
我就这样地被埋葬
生命在死亡中成为东方的秘密

但是
罪恶终究会被清算
罪行终将会被公开
当死亡不可避免的时候
流出的血液也不会凝固

当祖国的土地上只有呻吟
真理的声音才更响亮
既然希望不会灭绝
既然太阳每天从东方升起
真理就会把诅咒没有完成的
留给了枪
革命把用血浸透的旗帜
留给风,留给自由的空气
那么
斗争就是我的主题
我把我的诗和我的生命
献给了纪念碑

一九七七年
原载《诗刊》1980 年第 10 期

星星变奏曲

如果大地的每个角落都充满了光明
谁还需要星星,谁还会
在夜里凝望
寻找遥远的安慰
谁不愿意
每天
都是一首诗
每个字都是一颗星
像蜜蜂在心头颤动
谁不愿意,有一个柔软的晚上
柔软得像一片湖
萤火虫和星星在睡莲丛中游动
谁不喜欢春天,鸟落满枝头

像星星落满天空
闪闪烁烁的声音从远方飘来
一团团白丁香朦朦胧胧

如果大地的每个角落都充满了光明
谁还需要星星,谁还会
在寒冷中寂寞地燃烧
寻找星星点点的希望
谁愿意
一年又一年
总写苦难的诗
每一首都是一群颤抖的星星
像冰雪覆盖在心头
谁愿意,看着夜晚冻僵
僵硬得像一片土地
风吹落一颗又一颗瘦小的星
谁不喜欢飘动的旗子,喜欢火
涌出金黄的星星
在天上的星星疲倦了的时候——升起
去照亮太阳照不到的地方

原载《上海文学》1980 年第 5 期

杨炼

杨炼（1955— ），出生于瑞士，6岁回北京，现居国外。"文革"后期曾在北京郊区"插队"，成为《今天》杂志的主要作者。朦胧诗派代表诗人之一。1988年与芒克、多多等人成立"幸存者诗歌俱乐部"。已出版诗集《礼魂》《太阳，每天都是新的》《荒魂》《黄》等。

秋 天

黑夜是凝滞的岁月，
岁月是流动的黑夜。
你停在门口，
回过头，递给我短短的一瞥。

这就是离别吗？
难道一切都将被忘却？
像绚丽的秋天过去，
到处要蒙上冷漠的白雪。

我珍爱果实，
但也不畏惧这空旷的拒绝。
只要心灵饮着热血，
未来就没有凋残的季节！

秋风摇荡繁星，
——哦，那是永恒在天空书写；
是的，一瞥就足够了，

我已该深深把你感谢。

写于一九七八年至一九七九年之间
选自《中国当代诗歌经典》，春风文艺出版社 2003 年版

诺日朗[①]

一、日潮

高原如猛虎，焚烧于激流暴跳的万物的海滨
哦，只有光，落日浑圆地向你们泛滥，大地悬挂在空中

强盗的帆向手臂张开，岩石向胸脯，苍鹰向心……
牧羊人的孤独被无边起伏的灌木所吞噬
经幡飞扬，那凄厉的信仰，悠悠凌驾于蔚蓝之上

你们此刻为哪一片白云的消逝而默哀呢
在岁月脚下匍匐，忍受黄昏的驱使
成千上万座墓碑像犁一样抛锚在荒野尽头
互相遗弃，永远遗弃：把青铜还给土、让鲜血生锈
你们仍然朝每一阵雷霆倾泻着泪水吗
西风一年一度从沙砾深处唤醒淘金者的命运
栈道崩塌了，峭壁无路可走，石孔的日晷是黑的
而古代女巫的天空再次裸露七朵莲花之谜

哦，光，神圣的红釉，火的崇拜火的舞蹈
洗涤呻吟的温柔，赋予苍穹一个破碎陶罐的宁静
你们终于被如此巨大的一瞬震撼了么

---

① 诺日朗：藏语，男神。四川著名风景区九寨沟有一座瀑布、一座雪山以此命名，地处川、甘交界高原区。

——太阳等着,为陨落的劫难,欢喜若狂

二、黄金树

我是瀑布的神,我是雪山的神
高大、雄健、主宰新月
成为所有江河的唯一首领
雀鸟在我胸前安家
浓郁的丛林遮盖着
  那通往秘密池塘的小径
我的奔放像大群刚刚成年的牡鹿
欲望像三月
聚集起骚动中的力量

我是金黄色的树
收获黄金的树
热情的挑逗来自深渊
毫不理睬周围怯懦者的箴言
直到我的波涛把它充满

流浪的女性,水面闪烁的女性
谁是那迫使我啜饮的唯一的女性呢
我的目光克制住夜
十二支长号克制住番石榴花的风
我来到的每个地方,没有阴影
触摸过的每颗草莓化作辉煌的星辰
  在世界中央升起
占有你们,我,真正的男人

三、血祭

用殷红的图案簇拥白色颅骨,供奉太阳和战争
用杀婴的血,行割礼的血,滋养我绵绵不绝的生命
一把黑曜岩的刀剖开大地的胸膛,心被高高举起
无数旗帜像角斗士的鼓声,在晚霞间激荡
我活着,我微笑,骄傲地率领你们征服死亡
——用自己的血,给历史签名,装饰废墟和仪式

那么,擦去你的悲哀!让悬崖封闭群山的气魄

兀鹰一次又一次俯冲，像一阵阵风暴，把眼眶啄空
苦难祭台上奔跑或扑倒的躯体同时怒放
久久迷失的希望乘坐尖锐的饥饿归来，撒下呼啸与赞颂
你们听从什么发现了弧形地平线上孑然一身的壮丽
于是让血流尽：赴死的光荣，比死更强大

朝我奉献吧！四十名处女将歌唱你们的幸运
晒黑的皮肤像清脆的铜铃，在斋戒和守望里游行
那高贵的卑怯的、无辜的罪恶的、纯净的肮脏的潮汐
辽阔记忆，我的奥秘伴随着抽搐的狂欢源源诞生
宝塔巍峨耸立，为山巅的暮色指引一条向天之路
你们解脱了——从血泊中，亲近神圣

四、偈子①

为期待而绝望
为绝望而期待

绝望是最完美的期待
期待是最漫长的绝望

期待不一定开始
绝望也未必结束

或许召唤只有一声——
最嘹亮的，恰恰是寂静

五、午夜的庆典

开歌路②

领：午夜降临了，斑斓的黑暗展开它的虎皮，金灿灿地闪耀着绿色。遥远。青草的芳香使我们感动，露水打湿天空，我们是被谁集合起来的呢？

合：哦，这么多人，这么多人！

领：星座倾斜了，不知不觉的睡眠被松涛充满。风吹过陌生的手臂，我们紧紧挤

---

① 偈子：佛经中一种体裁，短小类似于格言，意译为"颂"。
② 本节采用四川民歌中"丧歌"仪式，三小段标题均采自原题。

在一起，梦见篝火，又大又亮。孩子们也睡了。

　　合：哦，这么多人，这么多人！

　　领：灵魂战栗着，灵魂渴望着，在漆黑的树叶间，寻找一块空地。在晕眩的沉默后面，有一个声音，徐徐松弛成月色，那就是我们一直追求的光明吧？

　　合：哦，这么多人，这么多人！

穿花
诺日朗的宣谕：
唯一的道路是一条透明的路
唯一的道路是一条柔软的路
我说，跟随那股赞歌的泉水吧
夕阳沉淀了，血流消融了
瀑布和雪山的向导
笑容荡漾袒露诱惑的女性
从四面八方，跳舞而来，沐浴而来
超越虚幻，分享我的纯真

煞鼓
此刻，高原如猛虎，被透明的手指无垠的爱抚
此刻，狼藉的森林蔓延被蹂躏的美、灿烂而严峻的美
向山洪、向村庄碎石累累的毁灭公布宇宙的和谐
树根像粗大的脚踝倔强地走着，孩子在流离中笑着
尊严和性格从死亡里站起，铃兰花吹奏我的神圣
我的光，即使陨落着你们时也照亮着你们
那个金黄的召唤，把苦涩交给海，海永不平静
在黑夜之上，在遗忘之上，在梦呓的呢喃和微微呼喊之上
此刻，在世界中央。我说：活下去——人们
天地开创了。鸟儿啼叫着。一切，仅仅是启示

原载《上海文学》1983 年第 5 期

○ 梁小斌

梁小斌(1954—),安徽合肥人。曾下乡插队,当过工人。1979年开始发表诗歌。诗歌代表作有《雪白的墙》《中国,我的钥匙丢了》等。已出版诗集《少女军鼓队》等。

中国,我的钥匙丢了

中国,我的钥匙丢了。

那是十多年前,
我沿着红色大街疯狂地奔跑,
我跑到了郊外的荒野上欢叫,
后来,
我的钥匙丢了。

心灵,苦难的心灵,
不愿再流浪了,
我想回家,
打开抽屉,翻一翻我儿童时代的画片,
还看一看那夹在书页里的
翠绿的三叶草。

而且,
我还想打开书橱,
取出一本《海涅歌谣》,
我要去约会,

我向她举起这本书,
作为我向蓝天发出的
爱情的信号。

这一切,
这美好的一切都无法办到,
中国,我的钥匙丢了。

天,又开始下雨,
我的钥匙啊,
你躺在哪里?
我想风雨腐蚀了你,
你已经锈迹斑斑了;
不,我不那样认为,
我要顽强地寻找,
希望能把你重新找到。

太阳啊,
你看见了我的钥匙了吗?
愿你的光芒
为它热烈地照耀。

我在这广大的田野上行走,
我沿着心灵的足迹寻找,
那一切丢失了的,
我都在认真思考。

一九七九年十二月至一九八〇年八月
原载《诗刊》1980 年第 10 期

王小妮

王小妮(1955—),满族,吉林长春人。1982年从吉林大学毕业后任电影文学编辑。现执教于海南大学人文传播学院。诗歌代表作有《一块布的背叛》《我在这里生活过》等。已出版诗集《我的诗选》《我的纸里包着我的火》《半个我正在疼痛》等。

我感到了阳光

沿着长长的走廊
　　我,走下去……

——呵,迎面是刺眼的窗子,
　　　　两边是反光的墙壁。
　阳光,我,
　我和阳光站在一起。

——呵,阳光原来这样强烈!
　　　　暖得人凝住了脚步,
　　　　亮得人憋住了呼吸。
　全宇宙的光都在这里集聚。

——我不知道还有什么存在。
　　　　只有我,靠着阳光,
　　　　站了十秒钟。
　　　　十秒,有时会长于
　　　　一个世纪的四分之一!

终于，我冲下楼梯，
　　推开门，
　　　奔走在春天的阳光里……

一九八〇年四月　长春
选自《我的纸里包着我的火》，春风文艺出版社 1997 年版

一块布的背叛

我没有想到
把玻璃擦净以后
全世界立刻渗透进来。
最后的遮挡跟着水走了
连树叶也为今后的窥视
纹浓了眉线。

我完全没有想到
只是两个小时和一块布
劳动，居然也能犯下大错。

什么东西都精通背叛。
这最古老的手艺
轻易地通过了一块柔软的脏布。
现在我被困在它的暴露之中。

别人最大的自由
是看的自由
在这个复杂又明媚的春天
立体主义走下画布。
每一个人都获得了剖开障碍的神力

我的日子正被一层层看穿。

躲在家的最深处
却袒露在四壁以外的人
我只是裸露无遗的物体。
一张横竖交错的桃木椅子
我藏在木条之内
心思走动。
世上应该突然大降尘土
我宁愿退回到
那桃木的种子之核。

只有人才要隐秘
除了人
现在我什么都想冒充。

一九九四年十月　深圳
选自《我的纸里包着我的火》，春风文艺出版社 1997 年版

○ 韩东

韩东（1961—　），生于南京。毕业于山东大学哲学系。曾在西安、济南等地的高校任教。1992年辞职，后受聘成为职业作家。1990年加入中国作家协会。是"第三代诗歌"的代表性人物之一。诗歌代表作有《有关大雁塔》《你见过大海》等。已出版诗集《白色的石头》等。

有关大雁塔

有关大雁塔
我们又能知道些什么
有很多人从远方赶来
为了爬上去
做一次英雄
也有的还来做第二次
或者更多
那些不得意的人们
那些发福的人们
统统爬上去
做一做英雄
然后下来
走进下面的大街
转眼不见了
也有有种的往下跳
在台阶上开一朵红花
那就真的成了英雄——
当代英雄

有关大雁塔
我们又能知道些什么
我们爬上去
看看四周的风景
然后再下来

一九八三年五月四日
选自《白色的石头》，上海文艺出版社 1992 年版

温柔的部分

我有过寂寞的乡村生活
它形成了我性格中温柔的部分
每当厌倦的情绪来临
就会有一阵风为我解脱
至少我不那么无知
我知道粮食的由来
你看我怎样把清贫的日子过到底
并能从中体会到快乐
而早出晚归的习惯
捡起来还会像锄头那样顺手
只是我再也不能收获什么
不能重复其中每一个细小的动作
这里永远怀有某种真实的悲哀
就像农民痛哭自己的庄稼

一九八五年三月
原载《诗刊》1986 年 11 月号

于坚

于坚（1954— ），云南昆明人。毕业于云南大学中文系。1984年与人自编诗刊《他们》。现执教于云南师范大学文学院。是"第三代诗歌"的代表性人物之一。已出版诗集《诗六十首》《对一只乌鸦的命名》《一枚穿过天空的钉子》等。

尚义街六号

尚义街六号
法国式的黄房子
老吴的裤子晾在二楼
喊一声　胯下就钻出戴眼镜的脑袋
隔壁的大厕所
天天清早排着长队
我们往往在黄昏光临
打开烟盒　打开嘴巴
打开灯
墙上钉着于坚的画
许多人不以为然
他们只认识梵高
老卡的衬衣　揉成一团抹布
我们用它拭手上的果汁
他在翻一本黄书
后来他恋爱了
常常双双来临
在这里吵架　在这里调情
有一天他们宣告分手

朋友们一阵轻松　很高兴
次日他又送来结婚的请柬
大家也衣冠楚楚　前去赴宴
桌上总是摊开朱小羊的手稿
那些字乱七八糟
这个杂种警察一样盯牢我们
面对那双红丝丝的眼睛
我们只好说得朦胧
像一首时髦的诗
李勃的拖鞋压着费嘉的皮鞋
他已经成名了　有一本蓝皮会员证
他常常躺在上边
告诉我们应当怎样穿鞋子
怎样小便　怎样洗短裤
怎样炒白菜　怎样睡觉　等等
八二年他从北京回来
外衣比过去深沉
他讲文坛内幕
口气像作协主席
茶水是老吴的　电表是老吴的
地板是老吴的　邻居是老吴的
媳妇是老吴的　胃舒平是老吴的
口痰烟头空气朋友　是老吴的
老吴的笔躲在抽桌里
很少露面
没有妓女的城市
童男子们老练地谈着女人
偶尔有裙子们进来
大家就扣好钮扣
那年纪我们都渴望钻进一条裙子
又不肯弯下腰去
于坚还没有成名
每回都被教训
在一张旧报纸上
他写下许多意味深长的笔名
有一人大家都很怕他
他在某某处工作

"他来是有用心的,
我们什么也不要讲!"
有些日子天气不好
生活中经常倒霉
我们就攻击费嘉的近作
称朱小羊为大师
后来这只羊摸摸钱包
支支吾吾　闪烁其辞
八张嘴马上笑嘻嘻地站起
那是智慧的年代
许多谈话如果录音
可以出一本名著
那是热闹的年代
许多脸都在这里出现
今天你去城里问问
他们都大名鼎鼎
外面下着小雨
我们来到街上
空荡荡的大厕所
他第一回独自使用
一些人结婚了
一些人成名了
一些人要到西部
老吴也要去西部
大家骂他硬充汉子
心中惶惶不安
吴文光　你走了
今晚我去哪里混饭
恩恩怨怨　吵吵嚷嚷
大家终于走散
剩下一片空地板
像一张空唱片　再也不响
在别的地方
我们常常提到尚义街六号
说是很多年后的一天
孩子们要来参观

一九八四年六月
原载《诗刊》2000 年第 8 期

0 档案

档案室

建筑物的五楼　锁和锁后面　密室里　他的那一份
装在文件袋里　它作为一个人的证据　隔着他本人两层楼
他在二楼上班　那一袋　距离他 50 米过道　30 级台阶
与众不同的房间　6 面钢筋水泥灌注　3 道门　没有窗子
一盏日光灯　4 个红色消防瓶　200 平方米　一千多把锁
明锁　暗锁　抽屉锁　最大的一把是"永固牌"　挂在外面
上楼　往左　上楼　往右　再往左　再往右　开锁　开锁
通过一个密码　最终打入内部　档案柜靠着档案柜　这个在那个旁边
那个在这个上面　这个在那个底下　那个在这个前面　这个在那个后面
8 排 64 行　分装着一吨多道林纸　黑字　曲别针和胶水
他那 30 年　1800 个抽屉中的一袋　被一把钥匙掌握着
并不算太厚　此人正年轻　只有 50 多页　4 万余字
外加　十多个公章　七八张像片　一些手印　净重 1000 克
不同的笔迹　一律从左向右排列　首行空出两格　分段另起一行
从一个部首到另一个部首　都是关于他的名词　定义和状语
他一生的三分之一　他的时间　地点　事件　人物和活动规律
没有动词的一堆　可靠地呆在黑暗里　不会移动　不会曝光
不会受潮　不会起火　没有老鼠　没有病菌　没有任何微生物
抄写得整整齐齐　清清楚楚　干干净净　被信任着
人家据此视他为同志　发给他证件　工资　承认他的性别
据此　他每天 8 点钟来上班　使用各种纸张　墨水和涂改液
构思　开篇　布局　修改　校对　使一切循着规范的语法
从写到写　一只手的移动　钢笔从左向右　从一个部首
到另一个部首　从动词到名词　从直白到暗喻　从，到。
一个墨水渐尽的过程　一种好人的动作　有人叫道"0"
他的肉体负载着他　像 0 那样转身回应　另一位请他递纸
他的大楼丝纹未动　他的位置丝纹未动　那些光线丝纹未动
那些锁丝纹未动　那些大铁柜丝纹未动　他的那一袋丝纹未动

卷一　出生史
他的起源和书写无关　他来自一位妇女在28岁的阵痛
老牌医院　三楼　炎症　药物　医生和停尸房的载体
每年都要略事粉刷　消耗很多纱布　棉球　玻璃和酒精
墙壁露出砖块　地板上木纹已消失　来自人体的东西
代替了油漆　不光滑　略有弹性　与人性无关
手术刀脱铬了　医生48岁　护士们全是处女
嚎叫　挣扎　输液　注射　传递　呻吟　涂抹
扭曲　抓住　拉扯　割开　撕裂　奔跑　松开　滴　淌　流
这些动词　全在现场　现场全是动词　浸在血泊中的动词
"头出来了"医生娴熟的发音　证词：手上全是血
白大褂上全是血　被罩上全是血　地板上全是血　金属上全是血
证词："妇产科""请勿随地吐痰""只生一个好"
调查材料：患感冒的往右去　得喉炎的朝前走　"男厕"
X光在三楼　住院部出了门向西走100米　外科在305
打针的在一楼排队　缴费的在左窗口排队　取药的排队在右窗口
挤满各种疼痛的一日　神经绷紧的一日　切割与缝合的一日
初诊和复发的一日　腐烂与痊愈的一日　死亡与诞生的一日
到处是治病的话与患病的话　求生的话与垂死的话　到处是
治病的行为与患病的行为　送终的行为与接生的行为
这老掉牙的一切　黏附着　那个头胎　那最初的　那第一次的
那条新的舌头　那条新的声带　那个新的脑瓜　那对新的睾丸
这些来自无数动词中的活动物　被命名为一个实词0

卷二　成长史
他的听也开始了　他的看也开始了　他的动也开始了
大人把听见给他　大人把看见给他　大人把动作给他
妈妈用"母亲"　爸爸用"父亲"　外婆用"外祖母"
那黑暗的　那混沌的　那朦胧的　那血肉模糊的一团
清晰起来　明白起来　懂得了　进入一个个方格　一页页稿纸
成为名词　虚词　音节　过去式　词组　被动语态
词缀　成为意思　意义　定义　本义　引义　歧义
成为疑问句　陈述句　并列复合句　语言修辞学　语义标记
词的寄生者　再也无法不听到词　不看到词　不碰到词
一些词将他公开　一些词为他掩饰　跟着词从简到繁
从肤浅到深奥　从幼稚到成熟　从生涩到练达　这个小人
一岁断奶　二岁进托儿所　四岁上幼儿园　六岁成了文化人

一到六年级　证明人　张老师　初一初二初三　证明人
王老师　高一高二　证明人　李老师　最后他大学毕业
一篇论文　主题清楚　布局得当　层次分明　平仄工整
对仗讲究　言此意彼　空谷足音　文采飞扬　言志抒情
鉴定：尊敬老师　关心同学　反对个人主义　不迟到
遵守纪律　热爱劳动　不早退　不讲脏话　不调戏妇女
不说谎　灭四害　讲卫生　不拿群众一针一线　积极肯干
讲文明　心灵美　仪表美　修指甲　喊叔叔　叫阿姨
扶爷爷　挽奶奶　上课把手背在后面　积极要求上进
专心听讲　认真做笔记　生动活泼　谦虚谨慎　任劳任怨
不足之处：不喜欢体育课　有时上课讲小话　不经常刷牙
小字条：报告老师　他在路上拾到一分钱　没交民警叔叔
评语：这个同学思想好　只是不爱讲话　不知道他想什么
希望家长　检查他的日记　随时向我们汇报　配合培养
一份检查：1968年11月2日这一天　做了一件坏事
我在墙上画了一辆坦克　洁白的墙公共的墙大家的墙集体的
墙被我画了一辆大坦克　我犯了自由主义一定要坚决改过
药物过敏史：症状来自医生　母亲等家长的报告
"宝贝"日服3回　每次4～6片　用药后面部有红斑
"好孩子"日服3回　每次1片　症状同上　红斑较轻
"乖"（外用　涂患处）涂抹后患者易发生嗜睡现象
"大灰狼来啦　妈妈不要你啦"（兴奋剂）服后患者易晕眩
微量元素配合表：（又名施尔庚）爱护　关心　花朵　草
芽　苗苗　小的　嫩的　甜蜜的　金色的（每片含25微克）
天真的　纯洁的　稚气的　淘气的（每片含25微克）
牵着　领着　抱着　带着　慈祥地看着　温柔地抚摸着
轻拍　摇晃　叮咛　嘱咐　循循善诱　锻炼　嫁接
陶冶　矫治　校正　清除　培养　关怀　误伤（各50微克）
名牌催眠灵：明天或等你长大了（终身服用）
填料：牛奶　语文　水果糖　历史　巧克力　鸡蛋炒饭
三光日月星　四诗风雅颂　钙片　义务劳动　鱼肝油
果珍　报告会　故事会　大会　五千年　半个世纪　十年来
连续三年　左中右　初叶　中叶　最近　红烧　冰镇　黄焖
油爆　叉烧　腌　卤　熬　味精　胡椒粉　生抽王　的成就
的耻辱　的光荣　的继续　的必然　的胜利　的伟大　的信心
成绩单：优　合格　甲　三好　95　一等　评比第一名
产品鉴定书：身高一米七以上　净重63公斤　腰8寸

有头发　有酒窝　有胡须　有睾丸　有眼珠　有肱二头肌
有三室一厅　有音响　有工资　有爱好　有风度　有爱心
会体贴　会跳舞　会唱歌　会写作　会说话　会睡觉
耳朵是耳朵　鼻子是鼻子　腿是腿　手是手　肛门是肛门
左右耳听力1.5公尺　肝未触及　心肺膈无异常（医师签字）

卷三　恋爱史（青春期）
在那悬浮于阳光中的一日　世界的温度正适于一切活物
四月的正午　一种骚动的温度　一种乱伦的温度　一种
盛开勃起的温度　凡是活着的东西都想动　动引诱着
那么多肌体　那么多关节　那么多手　那么多腿　到处
都是无以命名的行为　不能言说的动作　没有呐喊　没有
喧嚣　没有宣言　没有口号　平庸的一日　历史从未记载
只是动作的各种细节　行为的各种局部　只是和肉体有关
和皮肤有关　和四肢有关　和茎有关　和根有关　和圆的有关
和长的有关　和弹性的有关　和柔软的有关　和坚硬的有关
和汁液有关　和摩擦有关　和交流有关　和透气有关
和开放有关　和进攻有关　和蹦踢　喷射　冲刺有关
（回忆）那一日　他们　同班男生全是13岁　涌进来
学校的男厕　墙上画着禁止的一切　好多动作　手淫这个动作
手淫是最初的动词　男人的入场券　手黏乎乎　立刻完事
温度正好　尝到了那种小甜头　亚当们　找不着词儿宽恕自己
他们要的词外面没有　外头是母校这个名词　教室这个名词
外头是花园　水池　黑板　大操场　阅览室　书这些名词
和他手上的活毫不相干　男孩们憋得慌　只好做些暧昧的手势
编了些暗语来咕噜　互相逗着　交谈那种体验　走出公厕
去上课　听讲　记录　背诵　测验　答问　考试　温习
批复：把以上23行全部删去　不得复印　发表　出版

卷三　正文（恋爱期）
法定的年纪　18岁可以谈论结婚　谈出恋爱　再把证件领取
恋与爱　个人问题　这是一个谈的过程　一个一群人递减为几个人
递减为三个人　递减为两个人的过程　一个舌背接触硬腭的过程
一个软腭下垂　气流从鼻腔通过的过程　一个下唇与上齿
接近或靠拢的过程　一个嘴唇前伸　两唇构成圆形的过程
一个聚音对分散音　糙音对润音　浊音对清音　受阻对不受阻
突发音对延续音　紧张对松弛　降调对升调　舌头对撮口的过程

当然要洗头　洗脸　换衬衣　漱口　换袜子　擦皮鞋　洒香水
当然是最好的那一套　最好的那一条　最好的那一种
当然是7点到　当然是公园门口　当然是眺望与姗姗来迟
当然是杨柳岸晓风残月　当然是两张纸垫着　两瓶汽水
当然是相对无言欲言又止掩口一笑欲说还休却道天凉好个秋
当然是志同道合心心相印　当然是深深地　痴痴地　长长地
当然是摸底　你猜猜　"真的　不骗你"　当然是娇嗔　亲昵
当然是含着　噙着　荡漾着　当然是泪眼问花花不语
当然是多么多么　非常非常　当然是忧伤　悲哀　绝望
当然是转怒为喜　破涕为笑　当然是迟疑　踌躇　试探
当然是摸不透　推测　谜一样的笑容　当然是一块小手绢
一群蚊子　一只毛毛虫　一株蒲公英　一朵白玫瑰
当然是最最最好　刻骨铭心　难忘的　只有一次的
永恒啊月光　永恒啊小路　永恒啊起风了　永恒啊夜幕
永恒啊11点　永恒啊公园关大门　永恒啊路灯　永恒啊长街
永恒啊依依　永恒啊回眸　永恒啊背影　永恒啊秋波
时间到了　请赶紧　时间到了　请赶紧　再见　比尔
再见　露　下次　梅　下次　华　再见　桂珍　下次　兰
总结：狂草　不及物动词　形容词　名词　情态状语
赋　比　兴　寓言　神话　拟人法　反讽　黑色幽默
自白派　通感　新古典主义　口语诗　头韵　腹韵　尾韵
矛盾修辞　功能性含混　玉台体　天籁　象征　抑扬格
言此意彼词近旨远敌进我退敌退我扰道高一尺魔高一丈
表态：（大会　小会　居委会　登记的　同志的　亲人们
朋友们　守门　负责的　签字的　盖章的）
安全　要得　随便　没说的　真棒　放心　般配
同意　点头　赞成　举手　鼓掌　签字
可以　不错　好咧　真棒　行嘛　一致通过

卷四　日常生活

1　住址

他睡觉的地址在尚义街6号　公共地皮
一直用来建造寓所　以前用锄头　板车　木锯　钉子　瓦
现在用搅拌机　打桩机　冲击电钻　焊枪　大卡车　水泥
大理石　钢筋　浇灌　冲压　垒　砌　铆　封
钢窗　钢门　钢锁　防10级地震　防火　防水灾
A—B—C—503室　是他户口册的编码　A代表

他所在的区　　B代表他那一幢　　C代表他那个单元
5指的是他的那一层楼　　03才是他的房间

2　睡眠情况
他的床距地面1.3米　　最接近顶盖的位置　　一个睡眠的高度
噪音小　干燥通风　很适于储藏　存集　搁置　堆放
晚上10点　他拉上窗帘　锁好门　熄灯　这是正式的睡眠
中午　他睡长沙发　不脱衣裤　只脱鞋　盖上一床毯子
睡觉的好日子　是春天　睡得长　睡得好　睡得不想醒
睡觉的坏日子　是6月至9月　热　闷　一次睡眠要分几回
多次小觉　才能完事　秋天睡得最长　蚊子苍蝇　不来打扰
不用搔抓　放心睡　大觉　冬天他9点上床　有电热毯

3　起床
穿短裤　穿汗衣　穿长裤　穿拖鞋　解手　挤牙膏　含水
喷水　洗脸　看镜子　抹润肤霜　梳头　换皮鞋
吃早点　两根油条一碗豆浆　一杯牛奶一个面包　轮着来
穿羊毛外套　穿外衣　拿提包　再看一回镜子　锁门
用手判断门已锁死　下楼　看天空　看手表　推单车　出大门

4　工作情况
进去　点头　嘴开　嘴闭　面部动　手动　脚动
头部动　眼球和眼皮动　站着　坐着　面部不动　走四步
走10米　递　接过来　打开　拿着　浏览　拍　推　拉　领取
点数　蹲下　出来　关上　喝　嚼　吐　量　刷　抄　弯着
东经35度　北纬20度之间　半径200公尺　海拔500公尺　气温
22摄氏度　东南风3级　时间8点到12点　2点到6点

5　思想汇报
(根据掌握底细的同志推测　怀疑　揭发整理)
他想喊反动口号　他想违法乱纪　他想丧心病狂　他想堕落
他想强奸　他想裸体　他想杀掉一批人　他想抢银行
他想当大富翁　大地主　大资本家　想当国王　总统
他想花天酒地　荒淫无度　独霸一方　作威作福　骑在人民头上
他想投降　他想叛变　他想自首　他想变节　他想反戈一击
他想暴乱　频繁活动　骚动　造反　推翻一个阶级

6　一组隐藏在阴暗思想中的动词

砸烂　勃起　插入　收拾　陷害　诬告　落井下石
干　搞　整　声嘶力竭　捣毁　揭发
打倒　枪决　踏上一只铁脚　冲啊　上啊
批示：此人应内部控制使用　注意观察动向　抄送　绝密
内参　注意保存　不得外传　"你知道就行了　不要告诉他"

7　业余活动

一直关心着郊外的风景（下马村以远）
锤炼出不少佳句　故乡10公里处的麦芒　有幸被他提及
（见《雨中》）　偶尔　雅正《志摩的诗》（志摩　现代诗人
留学英国　毕业于剑桥　著有《莎扬娜拉》　曾译成日文
英文　法文　意大利文　塞尔维亚文和非洲16国文字）
常常　沿着一条19世纪的长街散步（尚义街　属五华区
计有两处公厕　3家川味火锅店　12根电线杆　1个邮局
1家发廊　6个垃圾桶　3条胡同　14道大门　3条大标语
两个广告牌　10张治病海报　寻人启事　铺面出租）
每周　洗一回衣服　看两场电影　买7次小报（晚报　文摘周刊）
做80个仰卧起坐　逛商店6小时（分三回　每回两个钟头）
每天　零食　20克蛋糕　20克葵花子　3条口香糖　1包花生米
3克水果糖　看一次日历　看8回手表　坐下去9次　蹲20分钟
躺下去11回　靠着4个小时　背着手　枕着手　手在
裤袋里　手在杯子上　手垂着　手松开　脚跷着　脚点着地板
脚弯曲着　脚套着拖鞋　脚在盆里　脚在布上面　脚赤着
每晚　拿掉布罩　按下ON　看广告　看新闻联播　看天气预报
看动物世界　看唱歌　看跳舞　看30集电视连续剧
看广告　看外国人　看广告　看大好河山　看广告　看
球　花　衣服　水　看广告　看明天节目预告　看今天节目到此
结束　祝各位晚安　看屏幕一片雪花　按下OFF

8　日记

×年×月×日　晴　心情不好　苦闷　×年×月×日
晴　心情好　坐了一个上午
×年×月×日　天又阴掉了
孤独　下雨　下午继续睡　×年×月×日　睡了一天
某年某月某日感冒　某日刮风　某日热　某日冷　某日等待某某
某年某月某日　新年　某日　生日　某日　节日

卷五　表格
1　履历表　登记表　会员表　录取通知书　申请表
照片　半寸免冠黑白照　姓名　横竖撇捺　笔名11个（略）
性别　在南为阳　在北为阴　出生年月　甲子秋　风雨大作
籍贯　有一个美丽的地方　年龄　三十功名尘与土
家庭出身　老子英雄儿好汉　老子反动儿混蛋
职业　天生我才必有用　工资　小菜一碟　何足挂齿
文化程度　少壮不努力　老大徒伤悲　本人成分
肌肉30公斤　血5000CC　脂肪20公斤　骨头10公斤
毛200克　眼球一对　肝2叶　手2只　脚2只　鼻子1个
婚否　说结婚也可以　说没结婚也可以　信不信由你
政治面目　横看成岭侧看成峰　远近高低各不同　民族
遥远的东方有一条龙　星座　八字　属相　手相　胎记
遗传　绰号　面部特征　口音　指纹　脚印　血型
家庭成员及社会关系　父亲　档案重3000克　前半生
尚缺500克　待补　母亲　档案重2500克　兄弟姊妹
档案各重1000克　侄儿侄女　档案各重10克　爷爷　祖母
大伯　二外公　大舅妈　档案重5000克　均已故去
简历　某年至某年　在第一卷　某年至某年在第二卷
某年某年　在B卷（距单位500米　本区医院内科）
某年至某年　在第三卷　某年至某年　在第四卷

2　物品清单
单人床1张（已加宽两块木板　床头贴格言两条
贝尔蒙多照片1张　女明星全身照1张）
写字台1张（五抽桌　半旧）内有：信笺　信封
日记本　粮票　饭菜票　洗澡票　购物票
工作证　身份证　病历本　圆珠笔　钢笔
狼毫　羊毫　梳子7把　钥匙27把
（单车钥匙　暗锁钥匙　挂锁钥匙　软锁钥匙
铜钥匙　铝钥匙　铁皮钥匙各多少不等）
坏的国产海鸥表1只　电子表两个（坏的）　胃舒平1瓶半
去痛粉20包　感冒清1瓶　利眠灵半瓶　甘油1瓶　肤轻松
零散的丸药　针剂　粉　膏　糖衣片　若干
方格稿纸3本　黑墨水1瓶　蓝墨水1瓶　红墨水1瓶
风景名胜纪念章7枚

书架一个（高 1.5 米　长 1.2 米　共 5 层）计有：选集 3 种
全集 1 种　《辞海》1 套　《现代汉语》1 套　《中文自修辅导手册》
《自学》杂志　《性知识手册》　《金瓶梅评论集》　《大全》
《博览》　《世界地图》　《中国长联三百三》　《健康与食物》
《摄影小经验两百条》　《作为意志和表象的世界》　《日语入门》
旧杂志 15 公斤　旧挂历 15 公斤　废纸 20 公斤
单价　旧杂志　每公斤 0.20 元（挂历废纸同价）
书　每公斤 0.40 元
工艺品六种：维纳斯半身石膏像　大卫石膏像　瓷奔马 1 匹
陶制狮子 1 尊　雄鹰 1 只　美洲豹 1 头
皮箱 1 个（全新　有卫生球味　号码锁）内有全新西装两套
金利来领带 1 条（红色）　猩红色麦尔登呢 1 块（长 4 米幅宽
1.5 米）　丝绸被面两块　全新大像册 1 本（无照片）
木箱 1 只（系旧肥皂箱）　内有棉衣 1 件（压底）　旧军装两件
旧中山装两套　旧拉链夹克 3 件　喇叭裤 1 条（裤脚边已磨破）
牛仔裤两条（五成新）　旧袜子（7 双）　短裤　汗衫　毛巾若干
吉他 1 把（九成新　弦已断　红棉牌）
玻璃压板 1 块（压着明信片两张　照片 3 张　一张他本人柔光照
大 8 寸　秋天　前景为落叶　之二为集体照　公园门口合影
他　前排左起第 9 人　之三为一女性照片　该人
姓名　年龄　工作单位　出身　政治面目　行踪均不详）
黑白电视机 1 台　军用水壶 1 个　汽车轮子内胎 1 个　痰盂缸 1 个
空瓶 13 个　手电筒 1 个　拖鞋 8 双（5 双已不能使用）
旅游鞋 1 只（另一只去向不明，幸存的九成新）
三接头皮鞋两双（半高跟有掌）　一双是棕红色
信一扎　35 封　（寄信人地址有　本市　内详
某电视台观众信箱　卫生知识专题竞赛筹委会
×市×胡同×号××街 246 号甲 707 室）
红梅牌小收音机 1 架　大搪瓷碗 1 个　靠背椅 1 把（藤皮多处断裂）
长沙发一个（长 1.8 米　面料已发亮弹簧露出两个）
方便面 7 包　咖啡半瓶（雀巢牌）　电炉 1 只（1000 瓦）
垫单 3 床（均已旧　有斑块和破损）羽毛球两个　乒乓球拍一只
扑克牌 3 副（一副九成新　另外两副已缺失混而为一）
围棋子 7 粒（白 3 黑 4）　分币 71 枚（地上
抽屉共有伍分币 18 枚　贰分币 30 枚　其余为壹分币　小纸币）

卷末（此页无正文）

附一　档案制作与存放

书写　誊抄　打印　编撰　一律使用钢笔　不褪色墨水
字迹清楚　涂改无效　严禁伪造　不得转让　由专人填写
每页300字　简体　阿拉伯数字大写　分类　鉴别　归档
类目和条目编上号　按时间顺序排列　按性质内容分为
A类B类C类　编好页码　最后装订之前　取下订书针
曲别针　大头针等金属　用线装订　注意不要钉压卷内文字
卷页要裁齐　压平　钉紧　最后移交档案室　清点校对无误
由移交人和接收人签名　按编号找到他的那一间　那一排
那一类　那一层　那一行　那一格　那一空　放进去　锁好
关上柜子　钥匙　旋转360度　熄灯　关上第一道门
钥匙　旋转360度　关上第二道门　钥匙
旋转360度　关上第三道门　钥匙　旋转360度
关上钢铁防盗门　钥匙　旋转360度
拔出

选自《于坚的诗》，人民文学出版社2001年版

翟永明

翟永明（1955—　），四川成都人。1980年毕业于成都电讯工程学院。1981年开始诗歌创作。代表作有组诗《女人》《静安庄》《三美人之歌》等。已出版诗集《女人》《在一切玫瑰之上》《黑夜中的素歌》《称之为一切》等。

女人[①]·母亲

无力到达的地方太多了，脚在疼痛，母亲，你没有
教会我在贪婪的朝霞中染上古老的哀愁。我的心只像你

你是我的母亲，我甚至是你的血液在黎明流出的
血泊中使你惊讶地看到你自己，你使我醒来

听到这世界的声音，你让我生下来，你让我与不幸构成
这世界可怕的双胞胎。多年来，我已记不得今夜的哭声

那使你受孕的光芒，来得多么遥远，多么可疑，站在生与死
之间，你的眼睛拥有黑暗而进入脚底的阴影何等沉重

在你怀抱之中，我曾露出谜底似的笑容，有谁知道
你让我以童贞方式领悟一切，但我却无动于衷

我把这世界当作处女，难道我对着你发出的
爽朗的笑声没有燃烧起足够的夏季吗？没有？

---

① 《女人》是组诗，共20首，分4辑。

我被遗弃在世上，只身一人，太阳的光线悲哀地
笼罩着我，当你俯身世界时是否知道你遗落了什么？

岁月把我放在磨子里，让我亲眼看见自己被碾碎
呵，母亲，当我终于变得沉默，你是否为之欣喜

没有人知道我是怎样不着痕迹地爱你，这秘密
来自你的一部分，我的眼睛像两个伤口痛苦地望着你

活着为了活着，我自取灭亡，以对抗亘古已久的爱
一块石头被抛弃，直到像骨髓一样风干，这世界

有了孤儿，使一切祝福暴露无遗，然而谁最清楚
凡在母亲手上站过的人，终会因诞生而死去

原载《诗刊》1986 年第 9 期

女人·独白

我，一个狂想，充满深渊的魅力
偶然被你诞生。泥土和天空
二者合一，你把我叫作女人
并强化了我的身体

我是软得像水的白色羽毛体
你把我捧在手上，我就容纳这个世界
穿着肉体凡胎，在阳光下
我是如此眩目，是你难以置信

我是最温柔最懂事的女人

看穿一切却愿分担一切
渴望一个冬天，一个巨大的黑夜
以心为界，我想握住你的手
但在你的面前我的姿态就是一种惨败

当你走时，我的痛苦
要把我的心从口中呕出
用爱杀死你，这是谁的禁忌？
太阳为全世界升起！我只为了你
以最仇恨的柔情蜜意贯注你全身
从脚至顶，我有我的方式

一片呼救声，灵魂也能伸出手？
大海作为我的血液就能把我
高举到落日脚下，有谁记得我？
但我所记得的，绝不仅仅是一生

在古代

在古代　我只能这样
给你写信　并不知道
我们下一次
会在哪里见面

现在　我往你的邮箱
灌满了群星　它们都是五笔字型
它们站起来　为你奔跑
它们停泊在天上的某处
我并不关心

在古代　青山严格地存在
当绿水醉倒在它的脚下
我们只不过抱一抱拳　彼此
就知道后会有期

现在　你在天上飞来飞去
群星满天跑　碰到你就像碰到疼处
它们像无数的补丁　去堵截
一个蓝色屏幕　它们并不歇斯底里

在古代　人们要写多少首诗？
才能变成崂山道士　穿过墙
穿过空气　再穿过一杯竹叶青
抓住你　更多的时候
他们头破血流　倒地不起

现在　你正拨一个手机号码
它发送上万种味道
它灌入了某个人的体香
当某个部位颤抖　全世界都颤抖

在古代　我们并不这样
我们只是并肩策马　走几十里地
当耳环叮当作响　你微微一笑
低头间　我们又走了几十里地

选自《最委婉的词》，东方出版社 2008 年版

海子

海子（1964—1989），原名查海生，安徽安庆人。年仅15岁便考入北京大学法律系。毕业后在中国政法大学哲学教研室工作。1989年3月26日在山海关附近卧轨自杀。代表作有《亚洲铜》《黑夜的献诗》《面朝大海，春暖花开》等。已出版诗集《土地》《海子、骆一禾作品集》《海子的诗》等。另有《海子诗全编》。

亚洲铜

亚洲铜，亚洲铜
祖父死在这里，父亲死在这里，我也将死在这里
你是唯一的一块埋人的地方

亚洲铜，亚洲铜
爱怀疑和爱飞翔的是鸟，淹没一切的是海水
你的主人却是青草，住在自己细小的腰上，守住野花的手掌和秘密

亚洲铜，亚洲铜
看见了吗？那两只白鸽子，它是屈原遗落在沙滩上的白鞋子
让我们——我们和河流一起，穿上它吧

亚洲铜，亚洲铜
击鼓之后，我们把在黑暗中跳舞的心脏叫作月亮
这月亮主要由你构成

一九八四年十月
选自《海子诗全集》，作家出版社2009年版

麦 地

吃麦子长大的
在月亮下端着大碗
碗内的月亮
和麦子
一直没有声响

和你俩不一样
在歌颂麦地时
我要歌颂月亮

月亮下
连夜种麦的父亲
身上像流动金子

月亮下
有十二只鸟
飞过麦田
有的衔起一颗麦粒
有的则迎风起舞,矢口否认

看麦子时我睡在地里
月亮照我如照一口井
家乡的风
家乡的云
收聚翅膀
睡在我的双肩

麦浪——
天堂的桌子

摆在田野上
一块麦地

收割季节
麦浪和月光
洗着快镰刀

月亮知道我
有时比泥土还要累
而羞涩的情人
眼前晃动着
麦秸

我们是麦地的心上人
收麦这天我和仇人
握手言和
我们一起干完活
合上眼睛，命中注定的一切
此刻我们心满意足地接受

妻子们兴奋地
不停用白围裙
擦手

这时正当月光普照大地。
我们各自领着
尼罗河、巴比伦或黄河
的孩子　在河流两岸
在群蜂飞舞的岛屿或平原
洗了手
准备吃饭

就让我这样把你们包括进来吧
让我这样说
月亮并不忧伤
月亮下
一共有两个人

穷人和富人

纽约和耶路撒冷
还有我
我们三个人
一同梦到了城市外面的麦地
白杨树围住的
健康的麦地
健康的麦子
养我性命的麦子！

一九八五年六月
选自《海子诗全集》，作家出版社 2009 年版

面朝大海，春暖花开

从明天起，做一个幸福的人
喂马，劈柴，周游世界
从明天起，关心粮食和蔬菜
我有一所房子，面朝大海，春暖花开

从明天起，和每一个亲人通信
告诉他们我的幸福
那幸福的闪电告诉我的
我将告诉每一个人

给每一条河每一座山取一个温暖的名字
陌生人，我也为你祝福
愿你有一个灿烂的前程
愿你有情人终成眷属

愿你在尘世获得幸福
我只愿面朝大海，春暖花开

一九八九年一月十三日
选自《海子诗全集》，作家出版社 2009 年版

祖国（或以梦为马）

我要做远方的忠诚的儿子
和物质的短暂情人
和所有以梦为马的诗人一样
我不得不和烈士和小丑走在同一道路上

万人都要将火熄灭　　我一人独将此火高高举起
此火为大　　开花落英于神圣的祖国
和所有以梦为马的诗人一样
我借此火得度一生的茫茫黑夜

此火为大　　祖国的语言和乱石投筑的梁山城寨
以梦为上的敦煌——那七月也会寒冷的骨骼
如雪白的柴和坚硬的条条白雪　　横放在众神之山
和所有以梦为马的诗人一样
我投入此火　　这三者是囚禁我的灯盏　　吐出光辉

万人都要从我刀口走过　　去建筑祖国的语言
我甘愿一切从头开始
和所有以梦为马的诗人一样
我也愿将牢底坐穿

众神创造物中只有我最易朽　　带着不可抗拒的死亡的速度

只有粮食是我珍爱　　我将她紧紧抱住　　抱住她　　在故乡生儿育女
和所有以梦为马的诗人一样
我也愿将自己埋葬在四周高高的山上　　守望平静的家园

面对大河我无限惭愧
我年华虚度　　空有一身疲倦
和所有以梦为马的诗人一样
岁月易逝　　一滴不剩　　水滴中有一匹马儿一命归天

千年后如若我再生于祖国的河岸
千年后我再次拥有中国的稻田　　和周天子的雪山　　天马踢踏
和所有以梦为马的诗人一样
我选择永恒的事业

我的事业　　就是要成为太阳的一生
他从古至今——"日"——他无比辉煌无比光明
和所有以梦为马的诗人一样
最后我被黄昏的众神抬入不朽的太阳

太阳是我的名字
太阳是我的一生
太阳的山顶埋葬　　诗歌的尸体——千年王国和我
骑着五千年凤凰和名字叫"马"的龙——我必将失败
但诗歌本身以①太阳必将胜利

一九八七年

选自《海子诗全集》，作家出版社 2009 年版

---

① 此处"以"，即"以太阳的名义"。原稿如此。

春天,十个海子

春天,十个海子全部复活
在光明的景色中
嘲笑这一个野蛮而悲伤的海子
你这么长久地沉睡究竟为了什么?

春天,十个海子低低地怒吼
围着你和我跳舞、唱歌
扯乱你的黑头发,骑上你飞奔而去,尘土飞扬
你被劈开的疼痛在大地弥漫

在春天,野蛮而悲伤的海子
就剩下这一个,最后一个
这是一个黑夜的儿子,沉浸于冬天,倾心死亡
不能自拔,热爱着空虚而寒冷的乡村

那里的谷物高高堆起,遮住了窗户
它们一半用于一家六口人的嘴,吃和胃
一半用于农业,他们自己的繁殖
大风从东刮到西,从北刮到南,无视黑夜和黎明
你所说的曙光究竟是什么意思

一九八九年三月十四日凌晨三点至四点
选自《海子诗全集》,作家出版社 2009 年版

西川

西川（1963— ），毕业于北京大学英文系。20世纪80年代起投身于全国性的青年诗歌运动，和海子、骆一禾并称"北大三诗人"。现在北京中央美术学院任教。已出版诗集《隐秘的汇合》《虚构的家谱》《大意如此》等。

为海子而作

你没有时间来使一个春天完善
却在匆忙中为歌唱奠定了基础
一种圣洁的歌唱足以摧毁歌唱者自身
但是在你的歌声中
我们也看到了太阳的上升、天堂的下降
以及麦子迎着南风成熟
以及鹰衔着黑夜飞过姐妹的田垅

泪水。霞光。远远的歌声
天光变暗，姐妹们回到她们赖以生存的房间
星体向西，一个哑巴寻找知音
来到我们的世界。他所看到的
是旧火添新柴，灰烬在增加
我们一生的收获
必将少于这一夜的丧失
一个自由而痛苦的声音归于静默

一个自由而痛苦的声音归于静默
汇入更大的静默，正为黑夜所需求

万物发展它们幽暗的本质
迎来你命中注定的年头：这一年
岩石的面孔露水丰盈，被你触摸
而你的死却不是死而是牺牲
而你的静默却不是静默而是歌唱

改变了！肉体所能做到的仅此而已
灵魂了结了恨而肉体浑然不知
于是半夜睡在麦地里的人
将成为粮仓里的第一颗麦粒
白天走在大路上的人
将听到神灵在高空的交谈
于是在桃花、火把的引领之下
灵魂有了飞翔的可能
携带着人间屈辱的雷电

于是在这一个秋雨绵绵的黎明
我又一次梦见你，一个少年
两手空空拍打大天使肮脏的岩石
用歌唱的嘴唇亲吻故乡贫瘠的泥土
而此刻，你应当回到你那焚烧着印度香的小屋
爱上一个姑娘，结婚，堕落
并在闲暇时写作一个天才的绝望

荒凉的大海，震荡在远方
天空深邃，望不见天堂
一片广阔的麦地，一个孤独者死去
一个孤独者的黄昏，浸透了霞光
那时谁曾在你的耳边低语，说时间到了？
谁曾在你的面前浮现
为你开辟了那黑夜的通途？
啊，时间到了——
在时间的尽头，曙光向你致敬

一九九〇年九月
选自《大意如此》，湖南文艺出版社 1997 年版

一个人老了

一个人老了,在目光和谈吐之间,
在黄瓜和茶叶之间,
像烟上升,像水下降。黑暗迫近。
在黑暗之间,白了头发,脱了牙齿,
像旧时代的一段逸闻,
像戏曲中的一个配角。一个人老了。

秋天的大幕沉重地落下。
露水是凉的。音乐一意孤行。
他看到落伍的大雁、熄灭的火、
庸才、静止的机器、未完成的画像。
当青年恋人们走远,一个人老了,
飞鸟转移了视线。

他有了足够的经验评判善恶,
但是机会在减少,像沙子
滑下宽大的指缝,而门在闭合。
一个青年活在他身体之中;
他说话是灵魂附体,
他抓住的行人是稻草。

有人造屋,有人绣花,有人下赌。
生命的大风吹出世界的精神。
唯有老年人能看出这其中的摧毁。
一个人老了,徘徊于
昔日的大街。偶尔停步,
便有落叶飘来,要将他遮盖。

更多的声音挤进耳朵,
像他整个身躯将挤进一只小木盒;

那是一系列游戏的结束：
藏起失败，藏起成功。
在房梁上，在树洞里，他已藏好
张张纸条，写满爱情和痛苦。

要他收获已不可能。
要他脱身已不可能。
一个人老了，重返童年时光
然后像动物一样死亡。他的骨头
已足够坚硬，撑得起历史，
让后人把不属于他的箴言刻上。

一九九一年四月
选自《大意如此》，湖南文艺出版社 1997 年版

虚构的家谱

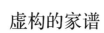

以梦的形式，以朝代的形式
时间穿过我的躯体。时间像一盒火柴
有时会突然全部燃烧
我分明看到一条大河无始无终
一盏盏灯，照亮那些幽影幢幢的河畔城

我来到世间定有些缘由
我的手脚是以谁的手脚为原型？
一只鸟落在我的头顶，以为我是岩石
如果我将它挥去，它又会落向
谁的头顶，并回头张望我的行踪？

一盏盏灯，照亮那些幽影幢幢的河畔城
一些闲话被埋葬于夜晚的萧声

繁衍。繁衍。家谱被续写
生命的铁链哗哗作响
谁将最终沉默，作为它的结束？

我看到我皱纹满脸的老父亲
渐渐和这个国家融为一体
很难说我不是他：谨慎的性格
使他一生平安；很难说
他不是代替我忙于生计，委曲逢迎

他很少谈及我的祖父。我只约略记得
一个老人在烟草中和进昂贵的香油
遥远的夏季，一个老人被往事纠缠
上溯300年是几个男人在豪饮
上溯3000年是一家数口在耕种

从大海的一滴水到山东一个小小的村落
从江苏一份薄产到今夜我的台灯
那么多人活着：文盲、秀才、
土匪、小业主……什么样的婚姻
传下了我，我是否游荡过汉代的皇宫？

一个个刀剑之夜、贩运之夜
死亡也未能阻止喘息的黎明
我虚构出众多祖先的名字，逐一呼喊
总能听到一些声音在应答；但我
看不见他们，就像我看不见自己的面孔

一九九三年九月
选自《大意如此》，湖南文艺出版社1997年版

另一个我的一生

高耸的圣巴夫教堂投下哥特式阴影
星期五市场的一侧坐满了喝咖啡的人
根特,地图上的一个斑点:假如当年
我托生在那里,我就会从小熟悉
那里的招贴和喷泉,并且从懂事开始
蔑视那里流行的娱乐和疾病

我会在十二岁爱上一个小仙女
陪她穿过潮湿的小巷、阳光闪烁的广场
我会为她花光手里的钱,为的是吻一下
她善变的嘴唇,抱住她,像抱住
头顶的月亮。而假如她拒绝我
我会一点一滴地品味我浪漫的迷惘

多雾的码头向我发出邀请。十七岁
我会杀向赌场、妓院,像一个幽灵
在各地留下我风格统一的涂鸦之作
过真正的生活:酗酒滋事,与罪犯为伍
只是在我明了了我的命运
并且剧烈地呕吐之后我才会重返故乡

失修的小楼等待我爬上它危险的楼梯
一个老太太在阁楼上用坏了她的缝纫机
生锈的钉子已不能扎破我的脚掌
色情的玫瑰必须顺从我古怪的脾气
我会用逻辑来推究天堂的可能性
用拉丁文来解释东方园林中的专制主义

另一种处境会要求我成为另一个我
用灵魂走路,以免被砖头绊住

用肉体忧愁，好明确知道需要多久
才能愈合一道伤口。在花园中
我会用斧头对着食肉的植物一阵猛砍
当九大行星排成一个恐怖的十字阵容

我会在午后的公园遇到一位
神情恍惚的诗人，从此在绿色的夜晚
胡思乱想，在雨中徘徊于城堡附近
直到有一天静默的梅特林克向我显灵
我会死在一座报废的屠宰场
像咽气一样咽下写好的墓志铭

一九九五年七月
选自《大意如此》，湖南文艺出版社 1997 年版

骆一禾

骆一禾（1961—1989），北京人。从北京大学中文系毕业后任北京《十月》杂志编辑。1989年5月31日死于脑溢血。已出版诗集《世界的血》《海子、骆一禾作品集》等。另有《骆一禾诗全编》。

麦 地

——致乡土中国

我们来到这座雪里的村庄
麦子抽穗的村庄
冰冻的雪水滤下小麦一样的身子
在拂晓里　她说
不久，我还真是一个农民的女儿呢
那些麦穗的好日子
这时候正轻轻地碰撞着我们
麦地有神，麦地有神
就像我们盛开花朵

麦地在山丘下一望无边
我们在山丘上穿起裸麦的衣裳
迎着地球走下斜坡
我们如此贴近麦地

那一天蛇在天堂里颤抖
在震怒中冰凉无言　享有智谋

是麦地让泪水汇入泥土
尝到生活的滋味

大海边人民的衣服
也就是风吹天堂的
麦地的衣服
麦地的滚动
是我们相识的波动
怀孕的颤抖
也就是火苗穿过麦地的颤抖

一九八七年十一月十五日
选自《海子、骆一禾作品集》，南京出版社 1991 年版

王家新

王家新（1957— ），湖北丹江口人。毕业于武汉大学中文系。1985年在《诗刊》杂志担任编辑。1992年赴英做访问，回国后调入北京教育学院中文系。2006年起在中国人民大学文学院执教。中国20世纪90年代知识分子写作的代表诗人之一。已出版诗集《纪念》《游动悬崖》等。

帕斯捷尔纳克

不能到你的墓地献上一束花
却注定要以一生的倾注，读你的诗
以几千里风雪的穿越
一个节日的破碎，和我灵魂的颤栗

终于能按照自己的内心写作了
却不能按一个人的内心生活
这是我们共同的悲剧
你的嘴角更加缄默，那是

命运的秘密，你不能说出
只是承受、承受，让笔下的刻痕加深
为了获得，而放弃
为了生，你要求自己去死，彻底地死

这就是你，从一次次劫难里你找到我
检验我，使我的生命骤然疼痛
从雪到雪，我在北京的轰然泥泞的

公共汽车上读你的诗，我在心中
呼喊那些高贵的名字
那些放逐、牺牲、见证，那些
在弥撒曲的震颤中相逢的灵魂
那些死亡中的闪耀，和我的

自己的土地！那北方牲畜眼中的泪光
在风中燃烧的枫叶
人民胃中的黑暗、饥饿，我怎能
撇开这一切来谈论我自己？

正如你，要忍受更剧烈的风雪扑打
才能守住你的俄罗斯，你的
拉丽萨，那美丽的、再也不能伤害的
你的，不敢相信的奇迹

带着一身雪的寒气，就在眼前！
还有烛光照亮的列维坦的秋天
普希金诗韵中的死亡、赞美、罪孽
春天到来，广阔大地裸现的黑色

把灵魂朝向这一切吧，诗人
这是苦难，是从心底升起的最高律令
不是苦难，是你最终承担起的这些
仍无可阻止地，前来寻找我们

发掘我们：它在要求一个对称
或一支比回声更激荡的安魂曲
而我们，又怎配走到你的墓前？
这是耻辱！这是北京的十二月的冬天

这是你目光中的忧伤、探询和质问
钟声一样，压迫着我的灵魂
这是痛苦，是幸福，要说出它
需要以冰雪来充满我的一生

一九九〇年十二月
原载《花城》1991年第2期

八月十七日,雨

雨已下了一夜,雨中人难眠
雨带来了时间中的第一阵凉意
雨仍在下,从屋檐下倾下
从石阶上溅起,从木头门缝里朝里漫溢

向日葵的光辉在雨中熄灭
铁在雨中腐烂
小蛤蟆在雨中的门口接连出现
而我听着这雨
在这个灰蒙蒙的低垂的早晨
在这座昏暗、清凉的屋子里
在我的身体里,一个人在哗哗的雨声中出走
一路向南

向南,是雨雾笼罩的北京,是贫困的早年
是雨中槐花焕发的清香
是在风雨中骤然敞开的一扇窗户
是另一个裹着旧雨衣的人,在胡同口永远消失
(下水道的水声仍响彻不息)
是受阻的车流,是绝望的雨刮器
在倾盆大雨中来回晃

就在一个人死后多年,雨下下来了

雨泼溅在你的屋顶上,雨
将你的凝望再一次打入泥土
雨中,那棵开满沉重花朵的木槿剧烈地摇晃
那曾盛满夏日光辉的屋子
在雨中变暗

每年都会有雷声从山头上响起
每年都会有这样的雨声来到我们中间
每天都有人在我们之中死亡

雨中的石头长出了青苔

二〇〇一年八月
选自《中国当代诗歌经典》，春风文艺出版社 2003 年版

○ 欧阳江河

欧阳江河（1956— ），原名江河，四川泸州人。"第三代诗歌"的代表诗人之一。诗歌代表作有《汉英之间》《手枪》《傍晚穿过广场》等。已出版诗集《透过词语的玻璃》《谁去谁留》《事物的眼泪》等。

汉英之间

我居住在汉字的块垒里，
在这些和那些形象的顾盼之间。
它们孤立而贯穿，肢体摇晃不定，
节奏单一如连续的枪。
一片响声之后，汉字变得简单。
掉下了一些胳膊，腿，眼睛。
但语言依然在行走，伸出，以及看见。
那样一种神秘养育了饥饿。
并且，省下很多好吃的日子，
让我和同一种族的人分食，挑剔。
在本地口音中，在团结如一个晶体的方言
在古代和现代汉语的混为一谈中，
我的嘴唇像是圆形废墟，
牙齿陷入空旷
没碰到一根骨头。
如此风景，如此肉，汉语盛宴天下。
我吃完我那份日子，又吃古人的，直到

一天傍晚，我去英语角散步，看见
一群中国人围住一个美国佬，我猜他们
想迁居到英语里面。但英语在中国没有领地。
它只是一门课，一种会话方式，电视节目，
大学的一个系，考试和纸。
在纸上我感到中国人和铅笔的酷似。
轻描淡写，磨损橡皮的一生。
经历了太多的墨水，眼镜，打字机
以及铅的沉重之后，
英语已经轻松自如，卷起在中国的一角。
它使我们习惯了缩写和外交辞令，
还有西餐，刀叉，阿司匹林。
这样的变化不涉及鼻子
和皮肤。像每天早晨的牙刷
英语在牙齿上走着，使汉语变白。
从前吃书吃死人，因此

我天天刷牙。这关系到水、卫生和比较。
由此产生了口感，滋味说，
以及日常用语的种种差异。
还关系到一只手，它伸进英语，
中指和食指分开，模拟
一个字母，一次胜利，一种
对自我的纳粹式体验。
一支烟落地，只燃到一半就熄灭了，
像一段历史。历史就是苦于口吃的
战争，再往前是第三帝国，是希特勒。
我不知道这个狂人是否枪杀过英语，枪杀过
莎士比亚和济慈。
但我知道，有牛津辞典里的、贵族的英语，
也有武装到牙齿的、丘吉尔或罗斯福的英语。
它的隐喻、它的物质、它的破坏的美学，
在广岛和长崎爆炸。
我看见一堆堆汉字在日语中变成尸首——
但在语言之外，中国和英美结盟。
我读过这段历史，感到极为可疑。
我不知道历史和我谁更荒谬。

一百多年了，汉英之间，究竟发生了什么？
为什么如此多的中国人移居英语，
努力成为黄种白人，而把汉语
看作离婚的前妻，看作破镜里的家园？究竟
发生了什么？我独自一人在汉语中幽居，
与众多纸人对话，空想着英语，
并看着更多的中国人跻身其间，
从一个象形的人变为一个拼音的人。

一九八七年七月
原载《诗刊》1987 年第 10 期

一夜肖邦

只听一支曲子，
只为这支曲子保留耳朵。
一个肖邦对世界已经足够。
谁在这样的钢琴之夜徘徊？

可以把已经弹过的曲子重新弹奏一遍，
好像从来没有弹过。
可以一遍一遍将它弹上一夜，
然后终生不再去弹。
可以
死于一夜肖邦，
然后慢慢地、用整整一生的时间活过来。

可以把肖邦弹得好像弹错了一样。
可以只弹旋律中空心的和弦，
只弹经过句，像一次远行穿过月亮，

只弹弱音，夏天被忘掉的阳光，
或阳光中偶然被想起的一小块黑暗。
可以把柔板弹奏得像一片开阔地，
像一场大雪迟迟不肯落下。
可以死去多年但好像刚刚才走开。

可以
把肖邦弹奏得好像没有肖邦。
可以让一夜肖邦融化在撒旦的阳光下。
琴声如诉，耳朵里空无一人。
根本不要去听，肖邦是听不见的，
如果有人在听他就转身离去。
这已经不是肖邦的时代，
那个思乡的、怀旧的、英雄城堡的时代。

可以把肖邦弹奏得好像没有在弹。
轻点再轻点
不要让手指触到空气和泪水。
真正震撼我们灵魂的狂风暴雨
可以是
最弱的，最温柔的。

一九八八年十一月于成都
选自《谁去谁留》，湖南文艺出版社 1997 年版

傍晚穿过广场

我不知道一个过去年代的广场
从何而始，从何而终。
有的人用一小时穿过广场，
有的人用一生——

早晨是孩子,傍晚已是垂暮之人。
我不知道还要在夕光中走出多远才能
停住脚步?

还要在夕光中眺望多久
才能闭上眼睛?当高速行驶的汽车
打开刺目的车灯。
那些曾在一个明媚早晨穿过广场的人
我从汽车的后视镜看见过他们一闪即逝
的面孔。
傍晚他们乘车离去。

一个无人离去的地方不是广场,
一个无人倒下的地方也不是。
离去的重新归来,倒下的却永远倒下了。
一种叫做石头的东西
迅速地堆积、屹立,
不像骨头的生长需要一百年的时间,
也不像骨头那么软弱。

每个广场都有一个用石头垒起来的脑袋,
使两手空空的人们感到生存的
分量。以巨大的石头脑袋去思考和仰望,
对任何人都不是一件轻松的事。
石头的重量
减轻了人们肩上的责任、爱情和牺牲。

或许人们会在一个明媚的早晨穿过广场,
张开手臂在四面来风中柔情地拥抱。
但当黑夜降临,双手就变得沉重。
唯一的发光体是脑袋里的石头,
唯一刺向脑袋的利剑悄然坠地。

黑暗和寒冷在上升。
广场周围的高层建筑穿上了瓷和玻璃的时装。
一切变得矮小了。石头的世界
在玻璃反射出来的世界中轻轻浮起,

像是涂在孩子们作业本上的
一个随时会被撕下来揉成一团的阴沉念头。

汽车疾驶而过,把流水的速度
倾泻到有着钢铁筋骨的庞大混凝土制度中,
赋予寂静以喇叭的形状。
一个过去年代的广场从汽车的后视镜消失了。

永远消失了——
一个青春期的、初恋的、布满粉刺的广场。
一个从未在账单和死亡通知书上出现的广场。
一个露出胸膛、挽起衣袖、扎紧腰带
一个双手使劲搓洗的带补丁的广场

一个通过年轻的血液流到身体之外
用舌头去舔、用前额去下磕、用旗帜去覆盖
的广场。

空想的、消失的、不复存在的广场,
像下了一夜的大雪在早晨停住。
一种纯洁而神秘的融化
在良心和眼睛里交替闪耀,
一部分成为叫做泪水的东西,
另一部分在叫做石头的东西里变得坚硬起来。

石头的世界崩溃了,
一个软组织的世界爬到高处。
整个过程就像泉水从吸管离开矿物,
进入蒸馏过的、密封的、有着精美包装的空间。
我乘坐高速电梯在雨天的伞柄里上升。
回到地面时,我抬头看见雨伞一样撑开的
一座圆形餐厅在城市上空旋转。
这是一顶从魔法变出来的帽子,
它的尺寸并不适合
用石头垒起来的巨人的脑袋。

那些曾经托起广场的手臂放了下来。

如今巨人仅靠一柄短剑来支撑。
它会不会刺破什么呢？比如，一场曾经有过的
一场在纸上掀起、在墙上张贴的脆弱革命？

从来没有一种力量
能把两个不同的世界长久地粘在一起。
一个反复张贴的脑袋最终将被撕去。
反复粉刷的墙壁，
被露出大腿的混血女郎占据了一半。
另一半是安装假肢、头发再生之类的诱人广告。

一辆婴儿车静静地停在傍晚的广场上，
静静地，和这个快要发疯的世界没有关系。
我猜婴儿车与落日之间的距离
有一百年之遥。
这是近乎无限的尺度，足以测量
穿过广场所经历的一个幽闭时代有多么漫长。

对幽闭的普遍恐惧，
使人们从各自的栖居云集广场，
把一生中的孤独时刻变成热烈的节日。
但在栖居深处，在爱与死的默默的注目礼中，
一个空无人迹的影子广场被珍藏着，
像紧闭的忏悔室只属于内心的秘密。

是否穿过广场之前必须穿过内心的黑暗？
现在黑暗中最黑的两个世界合为一体，
坚硬的石头脑袋被劈开，
利剑在黑暗中闪闪发光。

如果我能用劈成两半的神秘黑夜
去解释一个双脚踏在大地上的明媚早晨——
如果我能沿着洒满晨曦的台阶
登上虚无之巅的巨人的肩膀，
不是为了升起，而是为了陨落——
如果黄金镌刻的铭文不是为了被传颂，
而是为了被抹去，被遗忘，被践踏——

正如一个被践踏的广场必将落到践踏者头上，
那些曾在明媚早晨穿过广场的人
他们的黑色皮鞋迟早会落到利剑之上，
像必将落下的棺盖落到棺材上那么沉重。
躺在里面的不是我，也不是
行走在剑刃上的人。
我没想到这么多的人会在一个明媚的早晨
穿过广场，避开孤独和永生。
他们是幽闭时代的幸存者。
我没想到他们会在傍晚离去或倒下。

一个无人倒下的地方不是广场，
一个无人站立的地方也不是。
我曾是站着的吗？还要站立多久？
毕竟我和那些倒下去的人一样，
从来不是一个永生者。

一九九〇年九月十八日于成都
选自《谁去谁留》，湖南文艺出版社 1997 年版

唐亚平

唐亚平（1962— ），四川通江人。毕业于四川大学哲学系。1983 年开始发表作品，1995 年加入中国作家协会。已出版诗集《蛮荒的月亮》《月亮的表情》《黑色沙漠》等。

黑色沙漠·黑色洞穴①

洞穴之黑暗笼罩昼夜
蝙蝠成群盘旋于拱壁
翅膀扇动阴森淫秽的魅力
女人在某一辉煌的瞬间隐入失明的宇宙
是谁伸出手来指引没有天空的出路
那只手瘦骨嶙峋
要把女性的浑圆捏成棱角
覆手为云翻手为雨
把女人拉出来
让她有眼睛有嘴唇
让她有洞穴
是谁伸出手来
扩展没有路的天空
那只手瘦骨嶙峋
要把阳光聚于五指
在女人乳房上烙下烧焦的指纹

---

① 《黑色沙漠》为组诗，共 11 首，《黑色洞穴》为其中的第六首。

在女人的洞穴里浇铸钟乳石
转手为乾扭手为坤

一九八五年
选自《月亮的表情》，沈阳出版社 1992 年版

伊 蕾

伊蕾（1951— ），原名孙桂珍。1985年加入中国作家协会。诗歌代表作有组诗《独身女人的卧室》等。已出版诗集《爱的火焰》《独身女人的卧室》《女性年龄》《爱的方式》等。

独身女人的卧室·土耳其浴室[①]

这小屋裸体的素描太多
一个男同胞偶然推门
高叫"土耳其浴室"
他不知道在夏天我紧锁房门
我是这浴室名副其实的顾客
顾影自怜——
四肢很长，身材窈窕
臀部紧凑，肩膀斜削
碗状的乳房轻轻颤动
每一块肌肉都充满激情
我是我自己的模特
我创造了艺术，艺术创造了我
床上堆满了画册
袜子和短裤在桌子上
玻璃瓶里迎春花枯萎了
地上乱开着暗淡的金黄

[①] 《独身女人的卧室》为组诗，共14首，《土耳其浴室》为其中的第二首。

软垫和靠背四面都是
每个角落都可以安然入睡
　你不来与我同居

　　　　　　　选自《伊蕾诗选》，百花文艺出版社 2010 年版

周伦佑

周伦佑（1952— ），重庆荣昌人。1986年首创非非主义，主编刊物《非非》和《非非评论》。已出版诗集《在刀锋上完成的句法转换》《周伦佑诗选》《燃烧的荆棘》等。

在刀锋上完成的句法转换

皮肤在臆想中被利刃割破
血流了一地。很浓的血
使你的呼吸充满腥味
冷冷的玩味伤口的经过
手指在刀锋上拭了又拭
终于没有勇气让自己更深刻一些

现在还不是谈论死的时候
死很简单，活着需要更多的粮食
空气和水，女人的性感部位
肉欲的精神把你搅得更浑
但活得耿直是另一回事
以生命做抵押，使暴力失去耐心

让刀更深一些。从看他人流血
到自己流血，体验转换的过程
施暴的手并不比受难的手轻松
在尖锐的意念中打开你的皮肤
看刀锋契入，一点红色

激发众多的感想

这是你的第一滴血
遵循句法转换的原则
不再有观众。用主观的肉体
与钢铁对抗,或被钢铁推倒
一片天空压过头顶
广大的伤痛消失
世界在你之后继续冷得干净

刀锋在滴血。从左手到右手
你体会牺牲时尝试了屠杀
臆想的死使你的两眼充满杀机

一九九一年一月六日于峨山打锣坪
选自《周伦佑诗选》,花城出版社 2006 年版

张枣

张枣（1962—2010），湖南长沙人。先锋派代表人物之一。从湖南师范大学英语系毕业后考入四川外语学院攻读硕士学位。1986年出国，曾获德国特里尔大学文哲博士，后执教于图宾根大学。回国后曾在河南大学文学院、中央民族大学文学与新闻传播学院授课。2010年3月8日在德国去世。出版诗集《春秋来信》《张枣的诗》等。

镜中

只要想起一生中后悔的事
梅花便落了下来
比如看她游泳到河的另一岸
比如登上一株松木梯子
危险的事固然美丽
不如看她骑马归来
面颊温暖，
羞惭低下头，回答着皇帝
一面镜子永远等候她
让她坐到镜中常坐的地方
望着窗外，只要想起一生中后悔的事
梅花便落满了南山

选自《春秋来信》，文化艺术出版社1998年版

何人斯

究竟是什么人?在外面的声音
只可能在外面。你的心地幽深莫测
青苔的井边有棵铁树,进了门
为何你不来找我,只是溜向
悬满干鱼的木梁下,我们曾经
一同结网,你钟爱过跟水波说话的我
你此刻追踪的是什么?
为何对我如此暴虐

我们有时也背靠着背,韶华流水
我抚平你额上的皱纹,手掌因编织
而温暖;你和我本来是一件东西
享受另一件东西;纸窗、星宿和锅
谁使眼睛昏花
一片雪花转为两片雪花
鲜鱼开了膛,血腥淋漓;你进了门
为何不来问寒问暖
冷冰冰地溜动,门外的山丘缄默

这是我钟情的第十个月
我的光阴嫁给了一个影子
我咬一口自己摘来的鲜桃,让你
清洁的牙齿也尝一口,甜润的
让你也全身膨胀如感激
为何只有你说话的声音
不见你遗留的晚餐皮果
空空的外衣留着灰垢
不见你的脸,香烟袅袅上升——
你没有脸对人,对我?

究竟那是什么人？一切变迁
皆从手指开始。伐木叮叮，想起
你的那些姿势，一个风暴便灌满了楼阁
疾风紧张而突兀
不在北边也不在南边
我们的甬道冷得酸心刺骨

你要是正缓缓向前行进
马匹悠懒，六根辔绳积满阴天
你要是正匆匆向前行进
马匹婉转，长鞭飞扬

二月开白花，你逃也逃不脱，你在哪儿休息
哪儿就被我守望着。你若告诉我
你的双臂怎样垂落，我就会告诉你
你将怎样再一次招手；你若告诉我
你看见什么东西正在消逝
我就会告诉你，你是哪一个

选自《春秋来信》，文化艺术出版社 1998 年版

灯芯绒幸福的舞蹈

1

"它是光"，我抬起头，驰心
向外，"她理应修饰"。
我的目光注视舞台，
它由各种器皿搭就构成。
我看见的她，全是为我
而舞蹈，我没有在意

她大部分真实。台上
锣鼓喧天,人群熙攘;
她的影子守舍身后,
不像她的面目,衬着灯芯绒
我直看她姣美的式样,待到
天凉,第一声叶落,我对

近身的人士说:"秀色可餐。"
我跪下身,不顾尘垢,
而她更是四肢生辉,出场
入场,声色更迭;变幻的器皿
模棱两可;各种用途之间
她的灯芯绒磨损,陈旧。

天地悠悠,我的五官狂蹦
乱跳,而舞台,随造随拆。
衣着乃变幻:"许多夕照后
东西会越变越美。"
我站起,面无愧色,可惜
话声未落,就听得一声叹喟。

2
我看到自己软弱而且美,
我舞蹈,旋转中不动。
他的梦,梦见了梦,明月皎皎,
映出灯芯绒——我的格式
又是世界的格式;
我和他合一舞蹈。

我并非含混不清,
只因生活是件真事情。
"君子不器,"我严格,
却一贯忘怀自己。
我是酒中的光,
是分币的企图,如此妩媚。

我更不想以假乱真;
只因技艺纯熟(天生的)

我之于他才如此陌生。
我的衣裳丝毫未改，
我的影子也热泪盈盈，
这一点，我和他理解不同。

我最终要去责怪他。
可他，不会明白这番道理，
除非他再来一次，设身处地，
他才不会那样挑选我
像挑选一只鲜果。
"唉，遗失的只与遗失者在一起。"
我只好长长叹息。

选自《春秋来信》，文化艺术出版社 1998 年版

边　缘

像只西红柿躲在秤的边上，他总是
躺着。有什么闪过，警告或燕子，但他
一动不动，守在小东西的旁边。秒针移到
十点整，闹钟便邈然离去了；一支烟
也走了，携着几副变了形的蓝色手铐。
他的眼镜，云，德国锁。总之，没走的
都走了。
　　　　空，变大。他隔得更远，但总在
某个边缘：齿轮的边上，水的边上，他自个儿的
边上。他时不时望着天，食指向上，
练着细瘦而谵狂的书法："回来！"
果真，那些走了样的都又返回了原样：
新区的窗满是晚风，月亮酿着一大桶金啤酒；
秤，猛地倾斜，那儿，无限，

像一头息怒的狮子
卧到这只西红柿的身边。

选自《春秋来信》,文化艺术出版社 1998 年版

柏桦

柏桦（1956— ），生于重庆。毕业于广州外语学院。现为西南交通大学艺术与传播学院中文系教授，兼任成都市作家协会副主席。诗歌代表作有《唯有旧日子带给我们幸福》《再见，夏天》《表达》等。已出版诗集《表达》《往事》《为你消得万古愁》《山水手记》等。

表　达

我要表达一种情绪
一种白色的情绪
这情绪不会说话
你也不能感到它的存在
但它存在
来自另一个星球
只为了今天这个夜晚
才来到这个陌生的世界

它凄凉而美丽
拖着一条长长的影子
可就是找不到另一个可以交谈的影子

你如果说它像一块石头
冰冷而沉默
我就告诉你它是一朵花
这花的气味在夜空下潜行
只有当你死亡之时

才进入你意识的平原

音乐无法呈现这种情绪
舞蹈也不能抒发它的形体
你无法知道它的头发有多少
也不知道为什么要梳成这样的发式

你爱她，她不爱你
你的爱是从去年春天的傍晚开始的
为何不是今年冬日的黎明？

我要表达一种细胞运动的情绪
我要思考它们为什么反叛自己
给自己带来莫名的激动和怒气

我知道这种情绪很难表达
比如夜，为什么在这时降临？
我和她为什么在这时相爱？
你为什么在这时死去？

我知道鲜血的流淌是无声的
虽然悲壮
也无法溶化这铺满钢铁的大地

水流动发出一种声音
树断裂发出一种声音
蛇缠住青蛙发出一种声音
这声音预示着什么？
是准备传达一种情绪呢，
还是表达一种内含的哲理？

还有那些哭声
那些不可言喻的哭声
中国的儿女在古城下哭泣过
基督忠实的儿女在耶路撒冷哭泣过
千千万万的 人在广岛死去了
日本人曾哭泣过

那些殉难者，那些怯懦者也哭泣过
可这一切都很难被理解

一种白色的情绪
一种无法表达的情绪
就在今夜
已来到这个世界
在我们视觉之外
在我们中枢神经里
静静地笼罩着整个宇宙
它不会死，也不会离开我们
在我们心里延续着，延续着
不能平息，不能感知
因为我们不想死去

一九八一年十月
选自《山水手记》，重庆大学出版社 2011 年版

悬　崖

一个城市有一个人
两个城市有一个向度
寂静的外套无声地等待

陌生的旅行
羞怯而无端端的前进
去报答一种气候
克制正杀害时间

夜里别上阁楼
一个地址有一次死亡

那依稀的白颈项
正转过头来

此时你制造一首诗
就等于制造一艘沉船
一棵黑树
或一片雨天的堤岸

忍耐变得莫测
过度的谜语
无法解开的貂蝉的耳朵
意志无缘无故地离开

器官突然枯萎
李贺痛哭
唐代的手不再回来

一九八四年秋
选自《山水手记》，重庆大学出版社 2011 年版

望气的人

望气的人行色匆匆
登高眺远
眼中沉沉的暮霭
长出黄金、几何与宫殿

穷巷西风突变
一个英雄正动身去千里之外
望气的人看到了
他激动的草鞋和布衫

更远的山谷浑然
零落的钟声依稀可闻
两个儿童打扫着亭台
望气的人坐对空寂的傍晚

吉祥之云宽大
一个干枯的导师沉默
独自在吐火、炼丹
望气的人看穿了石头里的图案

乡间的日子风调雨顺
菜田一畦,流水一涧
这边青翠未改
望气的人已走上了另一座山巅

一九八六年暮春
选自《山水手记》,重庆大学出版社 2011 年版

○ 张曙光

张曙光（1956— ），黑龙江望奎人。诗人，翻译家。现执教于黑龙江大学文学院。已出版诗集《小丑的花格外衣》《午后的降雪》《张曙光诗歌》《闹鬼的房子》等。

岁月的遗照

我一次又一次看见你们，我青年时代的朋友
仍然活泼、乐观，开着近乎粗俗的玩笑
似乎岁月的魔法并没有施在你们的身上
或者从什么地方你们寻觅到不老的药方
而身后的那片树林，天空，也仍然保持着原来的
形状，没有一点儿改变，仿佛勇敢地抵御着时间
和时间带来的一切。哦，年轻的骑士们，我们
曾有过辉煌的时代，饮酒，追逐女人，或彻夜不眠
讨论一首诗或一篇小说。我们扮演过哈姆雷特
现在幻想着穿过荒原，寻找早已失落的圣杯
在校园黄昏的花坛前，追觅着艾略特寂寞的身影
那时我并不喜爱叶芝，也不了解洛厄尔或阿什贝利
当然也不认识你，只是每天在通向教室或食堂的小路上
看见你匆匆而过，神色庄重或忧郁
我曾为一个虚幻的影像发狂，欢呼着
春天，却被抛入更深的雪谷，直到心灵变得疲惫
那些老松鼠们有的死去，或牙齿脱落
只有偶尔发出气愤的尖叫，以证明它们的存在
我们已与父亲和解，或成了父亲，

或坠入生活更深的陷阱。而那一切真的存在
我们向往着的永远逝去的美好时光？或者
它们不过是一场幻梦，或我们在痛苦中进行的构想？
也许，我们只是些时间的见证，像这些旧照片
发黄、变脆，却包容着一些事件，人们
一度称之为历史，然而并不真实

        选自《午后的降雪》，重庆大学出版社2011年版

尤利西斯

这是个譬喻问题。当一只破旧的木船
拼贴起风景和全部意义，椋鸟大批大批地
从寒冷的桅杆上空掠过，浪涛的声音
像抽水马桶哗哗地响着，使一整个上午

萎缩成一张白纸。有时，它像一个词
从遥远的海岸线显现，并逐渐接近我们
使黄昏的面影模糊而陌生
你无法揣度它们，有时它们被时间榨干

或融入整部历史。而我们的全部问题在于
我们能否重新翻回那一页
或从一片枯萎的玫瑰花瓣，重新
聚拢香气，追回美好的时日

我想象着老年的荷马，或詹姆士·乔伊斯
在词语的岛屿和激流间穿行寻找着巨人的城堡
是否听到塞壬的歌声？午夜我们走过
黑暗而肮脏的街道，从树叶和软体动物的

空隙，一支流行歌曲，燃亮
我们黯淡的生活，像生日蛋糕的蜡烛
我们的恐惧来自我们自己，最终我们将从情人回到妻子
冰冷而贞洁，那带有道德气味的历史

一九九〇年
选自《午后的降雪》，重庆大学出版社 2011 年版

臧棣

臧棣（1964— ），生于北京。北京大学毕业，获文学博士学位。1999年至2000年任美国加州大学戴维斯校区访问学者。现任教于北京大学中文系。已出版诗集《燕园纪事》《风吹草动》《新鲜的荆棘》等。

未名湖

虚拟的热情无法阻止它的封冻。
在冬天，它是北京的一座滑冰场，
一种不设防的公共场所，
向爱情的学院派习作敞开。

他们成双的躯体光滑，但仍然
比不上它。它是他们进入
生活前的最后一个幻想的句号，
有纯洁到无悔的气质。

它的四周有一些严肃的垂柳：
有的已绿阴密布，有的还不如
一年读过的书所垒积的高度。
它是一面镜子，却不能被

挂在房间里。它是一种仪式中
盛满的器皿所溢出的汁液；据晚报
报道：对信仰的胃病有特殊的疗效。
它禁止游泳；尽管在附近，

书籍被比喻成海洋。毋庸讳言
它是一片狭窄的水域,并因此缩短了
彼岸和此岸的距离。从远方传来的
声响,听上去像湖对岸的低年级女生

用她的大舌头朗诵不朽的雪莱。
它是我们时代的变形记的扉页插图:
犹如正视某些问题的一只独眼,
另一只为穷尽繁琐的知识已经失明。

选自《中国当代诗歌经典》,春风文艺出版社 2003 年版

伊沙

伊沙（1966— ），原名吴文健，生于四川成都。1989年从北京师范大学中文系毕业。现任教于西安外国语大学中国语言文学学院。已出版诗集《饿死诗人》《伊沙这个鬼》《野种之歌》等。

饿死诗人

那样轻松的 你们
开始复述农业
耕作的事宜以及
春来秋去
挥汗如雨 收获麦子
你们以为麦粒就是你们
为女人迸溅的泪滴吗
麦芒就像你们贴在腮帮上的
猪鬃般柔软吗
你们拥挤在流浪之路的那一年
北方的麦子自个儿长大了
它们挥舞着一弯弯
阳光之镰
割断麦秆 自己的脖子
割断与土地最后的联系
成全了你们
诗人们已经吃饱了
一望无边的麦田
在他们腹中香气弥漫

城市中最伟大的懒汉
做了诗歌中光荣的农夫
麦子　以阳光和雨水的名义
我呼吁：饿死他们
狗日的诗人
首先饿死我
一个用墨水污染土地的帮凶
一个艺术世界的杂种

选自《中国诗歌百年精华》，人民文学出版社 2002 年版

张常氏，你的保姆

我在外语学院任教这你是知道的
我在我工作的地方
从不向教授们低头
这你也是知道的
你不知道的是
我曾向一位老保姆致敬
闻名全校的张常氏
在我眼里是一名真正的教授
系陕西省蓝田县下归乡农民
我一位同事的母亲
她的成就是把一名
美国专家的孩子带了四年
并命名为狗蛋
那个金发碧眼
一把鼻涕的崽子
随其母离开中国时
满口地道秦腔

满脸中国农民似的
朴实与狡黠
真是可爱极了

选自《阵地》总第 12 期

○ 西 渡

西渡(1967—),本名陈国平,生于浙江浦江,现居北京。1985年至1989年就读于北京大学中文系,大学期间开始创作诗歌。已出版诗集《雪景中的柏拉图》《草之家》等。

冬日黎明

月亮像一只透明的河虾
带着湿淋淋的印象
从群山的怀抱中挣脱了。
第一声鸡啼,把溪滩上的薄雾
向白天提了提;渐渐显露的河水
像一片活泼的舌头舔进了
群山脑髓间记忆的矿脉:
它触及了皮肤下另一条隐秘的河流
几乎和我们看见的一模一样,但
更温暖,更适合人性的需要;
令人惊讶的程度,就像我们突然发现
在我们所爱的人身上活着
另一个我们完全陌生的人。

光明在冬日依然坚持拜访我们——
唤醒树上的居民,命令她们
发出奇异的声响,然后用山风
吹打畜棚的窗棂,使它们
在栅栏内不安地躁动,哞哞叫。

一条通向光明的道路上,走来了
第一个汲水的人,和光明劈面遭遇:
太阳跃上了群山的肩头,抖开
一匹金黄的布匹,像一头狮子
用震吼把秩序强加给山谷。
记忆像河上的薄冰无声地融化了,
我重新拥有这一切,并几乎
哼出了那遗忘已久的歌声
用它轻轻唤醒那个始终活在我身上
却拒绝醒来的孩子。

选自《中国当代诗歌经典》,春风文艺出版社2003年版

○
汪国真

汪国真（1956—2015），生于北京。1982年毕业于暨南大学中文系。20世纪90年代掀起一股"汪国真热"。2005年担任中国艺术研究院文学艺术创作中心主任。2015年4月26日逝世。诗歌代表作有《热爱生命》《年轻的潮》等。已出版诗集《年轻的潮》《汪国真诗集》《汪国真精选集》等。

热爱生命

我不去想是否能够成功
既然选择了远方
便只顾风雨兼程

我不去想能否赢得爱情
既然钟情于玫瑰
就勇敢地吐露真诚

我不去想身后会不会袭来寒风冷雨
既然目标是地平线
留给世界的只能是背影

我不去想未来是平坦还是泥泞
只要热爱生命
一切，都在意料之中

选自《汪国真自选作品集（珍藏版）》，四川文艺出版社1991年版

送 别

送你的时候
正是深秋
我的心像那秋树
无奈飘洒一地
只把寂寞挂在枝头
你的身影是帆
我的目光是河流
多少次
想挽留你
终不能够
因为人世间
难得的是友情
宝贵的是自由

选自《汪国真自选作品集（珍藏版）》，四川文艺出版社1991年版

○ 杨克

杨克（1957— ），广西南丹人。现任广东省作家协会副主席，《作品》杂志社社长。"第三代实力派诗人"、"民间写作"的代表诗人。已出版诗集《石榴的火焰》《陌生的十字路口》《有关与无关》《杨克的诗》等。

我在一颗石榴里看见了我的祖国

我在一颗石榴里看见我的祖国
硕大而饱满的天地之果
它怀抱着亲密无间的子民
裸露的肌肤护着水晶的心
亿万儿女手牵着手
在枝头上酸酸甜甜微笑
多汁的秋天啊是临盆的孕妇
我想记住十月的每一扇窗户
我抚摸石榴内部微黄色的果膜
就是在抚摸我新鲜的祖国
我看见相邻的一个个省份
向阳的东部靠着背阴的西部
我看见头戴花冠的高原女儿
每一个的脸蛋儿都红扑扑
穿石榴裙的姐妹啊亭亭玉立
石榴花的嘴唇凝红欲滴
我还看见石榴的一道裂口
那些餐风露宿的兄弟
我至亲至爱的好兄弟啊

他们土黄色的坚硬背脊
忍受着龟裂土地的艰辛
每一根青筋都代表他们的苦
我发现他们的手掌非常耐看
我发现手掌的沟壑是无声的叫喊
痛楚喊醒了大片的叶子
它们沿着春风的诱惑疯长
主干以及许多枝干接受了感召
枝干又分蘖纵横交错的枝条
枝条上神采飞扬的花团锦簇
那雨水泼不灭它们的火焰
一朵一朵呀既重又轻
花蕾的风铃摇醒了黎明
太阳这头金毛雄狮还没有老
它已跳上树枝开始了舞蹈
我伫立在辉煌的梦想里
凝视每一棵朝向天空的石榴树
如同一个公民谦卑地弯腰
掏出一颗拳拳的心
丰韵的身子挂着满树的微笑

原载《羊城晚报》2007年6月22日

人　民

那些讨薪的民工。那些从大平煤窑里伸出的
148双残损的手掌。
卖血染上艾滋的李爱叶。
黄土高坡放羊的光棍。
沾着口水数钱的长舌妇。
发廊妹，不合法的性工作者。

跟城管打游击战的小贩。
需要桑拿的
小老板。

那些骑自行车的上班族。
无所事事的溜达者。
那些酒吧里的浪荡子。边喝茶
边逗鸟的老翁。
让人一头雾水的学者。
那臭烘烘的酒鬼、赌徒、挑夫
推销员、庄稼汉、教师、士兵
公子哥儿、乞丐、医生、秘书（以及小蜜）
单位里头的丑角或
配角。

从长安街到广州大道
这个冬天我从未遇到过"人民"
只看见无数卑微地说话的身体
每天坐在公共汽车上
互相取暖。
就像肮脏的零钱
使用的人，皱着眉头，把他们递给了，社会。

选自《文学中国2005》，花城出版社2006年版

江河源

风在沙上签名
雨在草上签名
月在水上签名
江河在大地签名

风的字迹潦草
雨的语言浮浅
月的灵魂澄澈
河流浑然不觉
弯弯扭扭写下永恒

选自《杨克的诗》，人民文学出版社2015年版

逆光中的那一棵木棉

梦幻之树　黄昏在它的背后大面积沉落
逆光中它显得那样清晰
生命的躯干微妙波动
为谁明媚　银色的线条如此炫目
空气中辐射着绝不消失的洋溢的美
诉说生存的万丈光芒
此刻　它是精神的灾难
在一种高贵气质的涵盖中
我们深深倾倒
成为匍匐的植物

谁的手在拧低太阳的灯芯
唯有它光焰上升
欲望的花朵　这个季节里看不见的花朵
被最后的激情吹向高处
我们的灵魂在它的枝叶上飞
当晦暗渐近　万物沉沦
心灵的风景中
黑色的剪影　意味着一切

选自《杨克的诗》，人民文学出版社2015年版

○ 雷平阳

雷平阳（1966— ），云南昭通人。现供职于云南省文学艺术界联合会。诗歌代表作有《杀狗的过程》《亲人》等。已出版诗集《雷平阳诗选》等。

亲　人

我只爱我寄宿的云南，因为其他省
我都不爱；我只爱云南的昭通市
因为其他市我都不爱；我只爱昭通市的土城乡
因为其他乡我都不爱……
我的爱狭隘、偏执，像针尖上的蜂蜜
假如有一天我再不能继续下去
我会只爱我的亲人——这逐渐缩小的过程
耗尽了我的青春和悲悯

选自《雷平阳诗选》，长江文艺出版社 2006 年版

存文学讲的故事

张天寿,一个乡下放映员
他养了只八哥。在夜晚人声鼎沸的
哈尼族山寨,只要影片一停
八哥就会对着扩音器
喊上一声:"莫乱,换片啦!"
张天寿和他的八哥
走遍了莽莽苍苍的哀牢山
八哥总在前面飞,碰到人,就说
"今晚放电影,张天寿来啦!"
有时,山上雾大,八哥撞到树上
"边边,"张天寿就会在后面
喊着八哥的名字说,"雾大,慢点飞。"
八哥对影片的名字倒背如流
边飞边喊《地道战》《红灯记》
《沙家浜》……似人非人的口音
顺着山脊,传得很远。主仆俩
也藉此在阴冷的山中,为自己壮胆
有一天,走在八哥后面的张天寿
一脚踏空,与放映机一起
落入了万丈深渊,他在空中
大叫边边,可八哥一声也没听见
先期到达哈尼寨的八哥
在村口等了很久,一直没见到张天寿
只好往回飞。大雾缝合了窟窿
山谷严密得大风也难横穿……
之后的很多年,哈尼山的小道上
一直有一只八哥在飞去飞来
它总是逢人就问:"你可见到张天寿?"
问一个死人的下落,一些人
不寒而栗,一些人向它眨白眼

选自《雷平阳诗选》,长江文艺出版社 2006 年版

哈金

哈金（1956— ），原名金雪飞。1977年考入黑龙江大学英语系，后在山东大学攻读美国文学硕士学位。1985年移居美国，现执教于波士顿大学。已出版诗集《沉默的间歇》《面对阴影》等。

不接地气的人

我还歌颂那些不接地气的人
他们生来就要远行
去别处寻找家园
他们靠星斗来确定方向
他们的根扎在想象的天边

对于他们
生命是曲折的旅程
每一站都是新的开始
他们知道自己最终将在路上消失
但他们活着就要与死亡同行
就要把一条路走到底
虽然他们并不清楚
自己的足迹
将改变谁的地图

选自《北京文学》2014年7月

理想的生活

多么向往无所事事的日子
早上睡个懒觉
然后去星巴克看看报纸
和朋友闲聊，开开玩笑
每天都不用忙着去上班
不必看老板和顾客的脸色
尽管别人说我太懒
光待在家里吃软饭

我常问自己：
为什么男人必须作顶梁柱
　　在外面拼搏
在家里还得伺候孩子
满足老婆？
人为什么要活得这么累？
为什么要传宗接代？
为什么不能轻松地活着
孤零地死去？

然而，夜里我常听见
另一个声音反驳说：
舒舒服服的生活根本没有意义
你来到人世
就是要挣扎出另一个自己

选自《北京文学》2014年7月

陈先发

陈先发（1967— ），安徽桐城人。1989年毕业于复旦大学。曾提出诗歌主张"本土性在当代"与"诗哲学"。2005年曾组建若缺诗社。已出版诗集《春天的死亡之书》《前世》《写碑之心》等。

丹青见

桤木，白松，榆树和水杉，高于接骨木，紫荆
铁皮桂和香樟。湖水被秋天挽着向上，针叶林高于
阔叶林，野杜仲高于乱蓬蓬的剑麻。如果
湖水暗涨，柞木将高于紫檀。鸟鸣，一声接一声地
溶化着。蛇的舌头如受电击，她从锁眼中窥见的桦树
高于从旋转着的玻璃中，窥见的桦树。
死人眼中的桦树，高于生者眼中的桦树。
被制成棺木的桦树，高于被制成提琴的桦树。

选自《写碑之心》，长江文艺出版社2011年版

鱼篓令

那几只小鱼儿,死了么?去年夏天在色曲
雪山融解的溪水中,红色的身子一动不动。
我俯身向下,轻唤道:"小翠,悟空!"他们墨绿的心脏
几近透明地猛跳了两下。哦,这宇宙核心的寂静。
如果顺流,经炉霍县,道孚县,在瓦多乡境内
遇上雅砻江,再经德巫,木里,盐源,拐个大弯
在攀枝花附近汇入长江。他们的红色将消失。
如果逆流,经色达,泥朵,从达日县直接跃进黄河
中间阻隔的巴颜喀拉群峰,需要飞越
夏日浓荫将掩护这场秘密的飞行。如果向下
穿过淤泥中的清朝,明朝,抵达沙砾下的唐宋
再向下,只能举着骨头加速,过魏晋,汉和秦
回到赤裸裸哭泣着的半坡之顶。向下吧,鱼儿
悲悯的方向总是垂直向下。我坐在十七楼的阳台上
闷头饮酒,不时起身,揪心着千里之处的
这场死活,对住在隔壁的刽子手却浑然不知。

选自《写碑之心》,长江文艺出版社 2011 年版

黄河史

源头哭着,一路奔下来,在鲁国境内死于大海。
一个三十七岁的汉人,为什么要抱着她一起哭?
在大街,在田野,在机械废弃的旧工厂
他常常无端端地崩溃掉。他挣破了身体
举着一根白花花的骨头在哭。他烧尽了课本,坐在灰里哭。
他连后果都没有想过,他连脸上的血和泥都没擦干净。
秋日河岸,白云流动,景物颓伤,像一场大病。

选自《写碑之心》,长江文艺出版社 2011 年版

晓 音

晓音（1960— ），原名肖晓英，四川西昌人。1995年毕业于北京大学作家班。现在广东石油化工学院文法学院任教。已出版诗集《巫女》等。

64号病房

一

我走进病房的时候
连空气也在生病
天空像一个巨大的伤口
流淌着鲜红的血

在护士的手中
托着世界的子宫
我用最短的时间
走完了它
婴儿的啼声
却在黎明骤然响起

有许多液体
在病床的上空缓缓升起
又缓缓降落在我的头顶

64号
这病人才会来的房间

只有睡着的人
才有说话的权利

而什么人
会在病榻上彻夜不眠
什么人才会洞穿
这洁白的病房中
隐藏着的
难以言说的秘密

但是，在64号病房
我终日缄口不言
任冷冰冰的液体
流入我的身体

二

我已经不再去想那些
我的头颅承载不住的思想
问题却接连在发生

在这里
64号病房
眼泪已经很不重要

我的父亲
我寒冷中结识的兄弟
都在这里死去

我开始不信守某种约定
目睹许多苦难从身边溜走

天还是离我们清淡而高远
在我走进64号
这间病房的时候
我唯一的姐姐
也将在冬天离去

直到春暖花开
悲哀的雪花
在我们的期盼中
忽然地腐败

我迎着风
站在世界的这端
把咬在牙齿里的话
大声地喊了出来

远方的山漆黑一片
我听不到
一丝一毫的回声

三

好久好久以前
有人来过这间病房
如今他们都死了

我却在64号
痛不欲生地活着

时间已将风雨的记忆
切割成阳光下斑驳的碎片
我在血的利刃中
拼命地抓住一点东西
——爱人的手
让我僵直的肉体
在瞬间柔软

64号病房
你真的容纳不下
这么多生离死别的忧伤

寒冷和寒冷相撞
之后是火的光芒四射

在糜烂的岁月里
跌落的果实
上面站满乌鸦
远方的树
会告诉活着的人
一些什么样的消息

四

在这间病房里
一切都没有留下痕迹
我在安眠的药中
沉睡得太久
醒来竟找不到归家的路

我的血
在梦中已被替换成水
和所有的人一样
是 A 型的水
——洁净、娴慧
不在风暴中
扬起半点涟漪

我甚至习惯了
像金鱼一样
吃进去水
吐出斑斓的泡沫

我从我的身体
最最隐秘的地方
将丑陋不动声色地
移植到大树的根部
大地就会有许多
让我们两眼
更加凄凉的花朵

但是,64 号
你怎么能让撕裂的伤口

完好如初？现在
我连血都不会流了
可世界的人
还在讨论伤口

五

我会站着从这里出去
因为我来的时候
已经不会走路

路弯弯曲曲
向前伸去
在我看不见的地方
突然失去了目标
我会朝哪里走呢

寒冷袭击了我居住的城市
遍地的雪
暗淡了我的歌喉
我只能对着石头说话
对着离我好远好远的朋友
说话

六

64号病房的外面
黑色的挽歌肆意飘散
一对恋人在天堂中对话
死亡的气息愈来愈重
护士从我的体中
摘下她们需要的东西
——我活蹦乱跳的心脏

我没有感觉到一点疼痛

64号病房
把我的脑子
涂抹成病房的颜色

它让我的目光
深远但是空洞

就像大病之后的猪
简单、活着
——并且快乐

选自《诗歌月刊》2004 年 4 月

○ 俞心樵

俞心樵（1968— ），生于福建政和，祖籍浙江绍兴。当代诗人、艺术家。诗歌代表作有《最后的抒情》《渴望英雄》《墓志铭》等。已出版诗集《俞心樵诗选》。

墓志铭

在我的祖国
只有你还没有读过我的诗
只有你未曾爱过我
当你知道我葬身何处
请选择最美丽的春天
走最光明的道路
来向我认错
这一天要下的雨
请改日再下
这一天还未开放的紫云英
请她们提前开放
在我阳光万丈的祖国
月亮千里的祖国
灯火家家户户的祖国
只有你还没有读过我的诗
只有你未曾爱过我
你是我光明祖国唯一的阴影
你要向蓝天认错
向白云认错
向青山绿水认错

最后向我认错
最后说　要是俞心樵还活着
该有多好

　　　　　　　　选自《俞心樵诗选》，长江文艺出版社2013年版

诗歌摆平不了你

在暴力摆平不了的时候
我曾经用诗歌摆平
在金钱摆平不了的时候
我曾经用诗歌摆平
在谎言摆平不了的时候
我曾经用诗歌摆平
在毒药摆平不了的时候
我曾经用诗歌摆平
诗歌甚至曾经摆平过
暴力和金钱
谎言和毒药
而上述四者
从未将诗歌摆平
这就是我一生热爱诗歌的原因
也是我的悲哀之所在
诗歌摆平不了你

　　　　　　　　选自《俞心樵诗选》，长江文艺出版社2013年版

今生今世：到处都是海

1. 死者的生活
再见，亲爱的，我要去过一过凡人的生活
我带走的这支笔是情欲的旁枝
它一再抒写更不值钱的灵魂
它在风沙中像海水的尖牙咬紧青春的苦涩
辞典飘过海岸，电灯照耀青草
残缺的月亮里贴着赛金花的嘴脸
现实就是这样，到处都是海呀
清华园上空鸥鸟翻飞

一火车的红砖，恰如最昂贵的液体
用来建筑那贞洁之墙，而墙内涌起雪白的遗言
幸亏这不是电影，否则这样的大海早已被剪去
但作为诗篇，它将永远被淹没
昏暗的书页、尘埃，图书馆坐满翻白眼的人
打满100分的青年，其意义是零
少女心中蚊蝇的嗡嗡声响成一片
生活的顶点在何处？天空正鼓励腐败

就是这天空要说你的忧伤像大雾
大雾已散尽，而你的忧伤更深
是的，有人把国家变成了天堂
有人把天堂变成了地狱
而我只不过是个野生思想家飘荡在四季的风雨中
我的表情像游泳池起了大火，人们在赤身裸体中惊叫
剧变就在这里，羞耻已退居其次，首要的是夺得生命
当每个人都在自己的皮毛中活着，那就是伪诗时代

就是这样的时代，淘汰了最优秀的人
可笑的不是权力和技术在制造怪物

可笑的是精英们也在随波逐流
可笑的是歌唱也未能产生奇迹
我全部的诗歌有如一个妓女
被一次次剽窃、篡改
而全部的妓女有如一首星光闪闪的诗
被传唱、追忆,被捧上了天

最糟糕的时代,将出现最激动人心的图景
将出现一个能使太阳弯腰的人
那个人,始终被巨人们视为巨人
那个人,始终被小人们视为小人
那个人追求过李丫,而世上并没有李丫这个人
世上只有一个李丫的同学,世上只有那个人爱这个人
那个人就是传神的人;我们刚刚认识他
而谁想真正认识他,不知要用去多少度电、多少张飞机票

即使用去整个阿拉伯油田也远远不够
最容易认识的事物是先来认识物质的王冠
它像基辅的赞美诗升起在绚丽的城邦之上
少女们在唱:是物质擦亮了精神,是金钱带来了春天
而我们不再追问,也不再回答
我们继续在梦想中梦想
我们在现实中拒绝了现实
我在我之中证明了我就是我

我还将证明建筑系的女生都在海上建筑
那建筑无形,无结构,不留下地址
那变正在变,为了一座不变的碑文
除了见到那不可见的,我们不曾见到那可见的
因此今生今世,我们永远得不到安慰
今生今世,永远地焚烧诗稿
今生今世,永远这么年轻,永远这么绝望
今生今世,啊亲爱的,小心我死灰复燃

再见,亲爱的,我要去过一过死者的生活
带着两千颗星星,三千个邓肯和安娜
带着一个李丫,是的,这世上并没有李丫这个女孩

世上只有一个李丫的同学，她纠缠我全部疯狂而虚无的言辞
她说岸就是爱情，岸已经白茫茫看不见
她说桥就是诗人，桥已经一座座断裂
就在这白茫茫的地方，就在这断裂处
谁还敢生活，谁就能创造出李丫和她的同学

1995.7.16. 清华园

2. 在这里他受伤最轻
总有人要把我刺痛，在那幽暗的半途中
树与机器、那个度、那个本质
那个神。神就在那里，神就像一架永远打不通的电话
嘀铃铃的响声中季节在落叶中翻脸
生活在欢呼，因为我们在节节败退
生活太轻松，因为生活已无须向诗歌看齐
生活像一包假烟，在落日中被退回
正是需要黑暗的时候，黑暗实在是太少了

正是需要用鲜血来前进，这凌晨4点的雨
雨中那高楼还在长高，这里是和平里的弧形饭店
从波涛上有人的确看到李丫向灾难轻轻闭上眼睛
这里是春秋友好医院的急诊室
雪白的墙壁上贴满樱花的微笑
耐心，持续，向流血不止的人追问：钱钱钱钱
待手续齐全、公章盖满，垂危之人才被推进手术室

这里多美丽，美丽而茂盛的枝叶保护了潜逃的地痞
这里月亮弯弯，像那架老式电话机上摘下的话筒
从收割的小市场，有人从庄稼汉被提升为刽子手
向谁求饶？当我摇着一船自己的血奔向那月亮中的冤鬼
蔚蓝无边的波涛被白纱布一层层包扎
这里，谁的鲜血献给盗贼
谁把流干了血的躯体留给爱人
而我的血只流了三大碗，因此大海只被染红两英里
逃亡还来得及！可我不知道该怎样逃亡

这里婴儿也懂得绝望，无数打碎的帆涌现在岸边
这里的舞蹈，把本质扭曲，一切都随风而动

这里是云朵上的婚宴，也是蛋糕一样被切割的现实
如果谁恢复记忆，他一定看到无数旋转的瓷盘飘过水面
这里有司汤达从未写出的长篇，有我十年来遗失的作品
这里时间已经不多，时间竟允许我们说出"时间"
这里，我躺在清华园医院，身下是暗火，身上乌云密布
我昏迷着，我并不知道自己在昏迷

这里，画家们画不出我月光下的忧伤
这里，有头脑的人想不出我正在想她
她就是李丫的同学，尽管世上并没有李丫这个女孩
只有李丫的弯月举起了一个个错误而浅薄的历史
月光下富人们大摆宴席，而它的邻居是饥饿的苏丹
月光下一个老人缓缓倒向绍兴农村的水牛脚下
月光下一个狡诈的教授正在嘲笑一个愤怒的诗人
诗人啊，今生，你怎能快乐？此地，你怎能超脱

头又一次破了，但我岂肯向罪恶低头
心又一次碎了，但我仍然要爱，完整而毫无保留
这里，即使畜生也在为爱情活着
这里，为提高幸福的质量，我依然忧伤似海
我怎能过早宽恕，我怎能让他们带着杀机进入墓园
这里，为什么我爱的不是一个而是两个
为什么不是两个而是所有的人
这就是人们常说的"境界"，为什么当我开口却偏偏是"仇恨"

这里花丛中有金钱豹，这里清泉中有响尾蛇
这里草原上上千个小天使恶向胆边生
这里大自然也学会了自私，千山万水都在招财进宝
这里展翅的全是他们的蚊蝇
沉默太久了，但开口就是吐血
读书太腻了，但出门就是抛尸街头
故乡的少女垂直不动，而香樟树黑烟滚滚
故乡的河水污浊不堪，而鱼群的白骨星空般闪烁

故乡，故乡，这里是第二故乡
这里黑暗像母亲孕育我们冒险的讲坛
在这里他只流了两小时血，只瞎了三只眼睛

这里，诗人伤害过他最心爱的人
这里，诗人保护过最不值得保护的人
他在屈辱中生活，在最荒凉的云朵上沉思
有时候他流泪了，这时候他仍然流泪了
因为他看到的森林是无根的森林

1995.7.28. 清华医院

3. 我为爱情而来
我有责任把月光下平静的海面当作自己的表情
但我想起角斗士的痛苦，波涛才开始翻涌
我感谢地心引力，它让我记住人类而忘了天堂
我不想回去，回去就是做帝王，就是三千五千的宫女
我为爱情而来，我要爱得深，在人间只爱一个
川瑾已经远去，李丫已经转身，小瑜也音讯全无
就是这一个，只是这一个，三个只是表象
我有责任把表象一一揭穿，把一切归于一

我有责任把苏门答腊的萤火虫撒遍月光下的海面
当我坐在波涛上等待那帆一样的来信
我看得眼疼，看到岸上人类的环境略显脏乱
愿上苍把我变成扫帚，愿我的爱人不是垃圾
我为爱情而来，而爱情为金钱而去
川瑾、李丫、小瑜，我不知道我在说哪一个
唉，不再说了，就让法国大革命的导师卢梭来说吧
"靠着外出赴宴，"他说，"我才摆脱在家饿死的危险"

那么为什么还要歌唱？为永远无望的爱情
作为疯人院院长，你必须把手伸向天空
但不要把星星摘给我，今生我只缺少黑暗
只缺少错上加错，今生只恨我不是恶魔
因此梦想只是梦想，但梦想必须变成现实
至少要命令自己家族的女孩，谁再不读诗就打死谁
这一切交给你来做；我已经不行了
现在紫色的海藻从舞蹈学院的大门奔涌而来

再也看不见，现在我只不过是一艘沉船的船长
分开藻类，我看到被路易十四瞪了一眼就死的拉辛

他在我们海底宣告：从未真正活过的人也不会真正死去
多可怕，现在我需要一颗星星，现在你也不行了
现在只有你在歌唱，为什么你的爱情更无望
不！你说再等等，你说爱情就是一黑到底
羊皮书上写得清清楚楚，星光闪闪，像骗来的金银
你已经不行了，你要爬上岸，请病人作导师

我不可能拯救世界，你显然找错了人
我只拯救过上帝。此事不值一提
现在重要的是人间的生活：恋爱。建筑。寻找粮食
那么什么样的恋爱紧紧连结着从未见过的人
什么样的建筑越是倾斜就越是稳固
什么样的粮食能快快撑死我们心中的魔鬼
啊，我的名字在变黑，我的仇恨深不可测
啊，什么样的我才能重新做人

1995年7月，我受了伤，住在清华园医院
现在夜深了，产房传来新生儿的啼哭
我想起了川瑾，像当年但丁想起悲德丽彩
从最高处、从最底处，谁引导我重返现实
一颗懂得祈祷的心，给我以永恒的教诲
我曾经轻视神灵却从不敢亵渎危难中的爱情
像狗改不了吃屎，我最大的毛病就是爱情至上
因此归宿就是悲德丽采，我为无望的爱情写作直到天明

为无望的爱情在炉火旁打盹，在天明时缓缓躺下
我有责任受伤，忍住痛，"把诅咒变成葡萄园"
我有责任像叶芝追求毛特岗一样追求你
我有责任逃离人群，顶住那巨大的成功
我爱你，衣衫不整，坐在邋遢的小平房爱你
有关你，有关大海的精彩场面就在这里
我爱你，我受了伤，住在荷叶飘摇的清华医院
流氓只能伤害我的肉体，我的这颗心，永远只等着你的那一刀

只等着你来，当我成为这个时代的落伍者
死抱着"心心相印，白头偕老"的山盟海誓
我有责任像李白那样狂傲，像莎士比亚那样自恋

我有责任在月光下把一辆坦克打成上千把锄头
我有责任变成用铅垂线和水平仪都难以丈量的风暴
等待是卓有成效的，我终于忘了自己的名字
现在我只记住：海上有众生磅礴的灵魂
那灵魂不是海上日出，而是当那一封信帆一样飘来的时候

1995.7.30. 清华医院

4. 我已经跑得太远

我们一起摘过绍兴的青桑椹，成都的紫桑椹
我们的唇在天亮时变黑了，在回忆中却是玫瑰色的
我们曾经像别人一样痛苦，像自己一样幸福
一切都远去了，找不回旧时光中的你就诞生不了艺术
而仅仅向奥斯维辛的罪恶告别也还不是诗歌
旧时光中我们在清华园歌唱，星空下吃尽一整箱冰糕
我们阅读的行旅到过波斯舰队被消灭的地方
千年前的海浪在我右脸的疤痕上浮雕般竖立起来

啊，川瑾，如今为什么万物都背弃了你的形象和我在一起
往昔你曾经在香山的每一片树叶中呼吸
几年了，天堂在纷纷飘落
而我在月光下，像采石场上那个被诬陷的人
啊，我们总是和不安的月光在一起
两个黑衣人会在刀锋上向我们微笑
谁能确保下一刻发生什么？我们只能答应千年之后的归程
我不会去圣赫勒拿岛？那是抱病之岛、被弃之岛
清华园已经足够，在我的诗歌中清华园早已是汪洋大海
尽管内心已无旋律，我的钢琴在月光下像一艘偷渡的船

一定有什么是你不肯告诉汉语中的启明星的
如果你仅仅只是个名字，你的名字上怎么能千帆相竞
川瑾，我已跑得太远，从清华园到清华园，回家变成了回病房
啊，荷叶飘摇的清华医院，我在蔚蓝的海底沉思冥想
蔚蓝？我是否真的到过海底？真的见到过鱼眼中的水
为什么我看到你的长发从蔚蓝的天空纷纷飘落
啊，有血有肉的必将失败，无情无义的必将长存
美色中必有暴力，心灵中必有墓碑

如今绍兴人在天天吃药，血送来送去，多么随意
海滨公路上，眼睛像荔枝一路掉个不停
川瑾，再也看不见，只要那跑到哈佛的校花
把一小碗汤药打翻，这清华园顷刻就是悲剧的汪洋大海
作为沉船的船长，我拿什么赔偿水手们的家长
身上已没有完好无损的东西，血脉中的公司——倒闭
而献诗在如今几乎是污辱性行为，家长们不会接受
他们知道死亡是值钱的，向生者漫天要价，趁着死者正在死

永远走不出海水，因为每个人都是一个漩涡
在矛盾、晕眩、明明暗暗中打转
误解我的人，如今已足够多、足够多
我大量的读者群在千年前的蔚蓝色之中
他们的名字一律称之为"埃斯库罗斯"
如今我的翅膀已长硬，天空却禁止了飞行
如今我在 CT 室前的白睡莲上，从颅内的阴影中翻出川瑾的旧信
月光翻涌，我在她的名字上堆起绵延不绝的白盐

月光下，为什么你没有拴住那远征的船
尽管你的长辫曾经是缆绳，你的眼神为什么在白云中飘散
而我的心像一笔债务催得太紧，小亚细亚太远
我必须出发了，趁着俄狄浦斯的"神"刚刚从人肉中长出
为什么你也在月光下的海滩奔跑？你究竟在追求什么
在绍兴人消失之前，你还要付出什么样的代价
我们已经读过书，我们不可能不写到希腊
最值得写的是绍兴与成都，可我已经跑得太远

从清华园到清华园，直觉的大海涌现
多少次拿起笔来，多少首诗都已经错过
波涛像废报纸在西风中一页页翻过去
半轮月亮，像某个红脸膛的共青团员还在青藏高原上活动
大地是不会再有脚印了，大地是记忆
大地正在沉沦，细节几乎全部漏光
我忘了坡上的青草怎样贴着西风的腰肢颤栗
到处都有颤栗的东西，只有精确的浪漫性在天空闪烁不已

难道我真的到过天堂？难道我竟敢背弃底层生活

今生今世，到处都是海，因此没有什么东西不会沉下来
川瑾啊川瑾，没有哪个人能浮在海面爱你，泡沫永远只爱它自己
泡沫永远不懂沉默，因此没有哪个泡沫曾经是歌手
泡沫永远只会不断地破碎，又有什么不曾破碎
但为什么飞鱼和鸥鸟的破碎使我身上的漂流瓶也同时破碎
噢，忘了，当年我在漂流瓶里塞进了什么样的心愿
如果写下的是"拯救"，那么把岸与岸缝在一起的线从哪里去找

1995. 8. 2. 清华医院

5. 记忆的刀叉

小瑜，我回来了，幽暗的小平房
我摸到川瑾洗过的窗帘，李丫坐过的沙发
"激情就是信仰"，我摸到幽兰半岛的恐惧与颤栗
摸到季节微弱的心跳，这爱情的开关
全部打开也依然幽暗。小瑜，我回来了，我回来了
我记得那玫瑰开刀的痛，火焰包扎的痛
而今天是给云朵拆线，是回到小平房，是床上长满蘑菇
是落满尘埃的海面又一次擦起辛酸的波涛

是帆，是记忆的刀叉白晃晃地摆上餐桌
坐在李丫坐过的沙发，想起那个"靠死亡为生"的人
想起1991年两个人跳到月桂树上，1992年，1993年，更早的一年
更晚的两年，她的眼神曾经代替宗教，她的腰肢就是圣殿
如今川瑾已经远去，李丫已经转身，而你的潮声正响
我的心像一堆脏衣服，谁敢来一浪一浪地吹打
"靠死亡为生"的人已经远去，而世上并没有李丫这个女孩
那么你为什么不可以扑向我，你决不会像我一样扑空

坐在李丫坐过的沙发，窗外是那个姓"俞"的人在满世界跑
小瑜，我要问一问川瑾，谁是那个用有限"拯救"过无限的人
谁看到过那大于一切的一是从哪里插入爱情
谁的死因来自完美无缺，谁的生机出于罪恶滔天
从哪里，那个把你骗大的人，从哪一座礁石上
从哪一块水晶，从哪一片紧紧缠绕的星光中拆散了我们
究竟在哪里？在哪个关口脱轨，在哪一节车厢倾覆
在哪一个省城新建的柏油路面上被碾得粉碎

坐在川瑾坐过的沙发，窗外是别人的窗一扇又一扇在熄灭
那个发誓要站到我头顶俯视全城的少女如今哪里去了
小瑜，我要问一问李丫，一条闪电能串起多少葡萄
一支泉水该得到什么样的赞助？当泉水被扔进废纸篓
在青春的枯枝上，谁是那只最黑的乌鸦
当蜜蜂把蜜加进我的诗行，为什么高贵的天鹅
却被判入终生只能赞美乌鸦的荒唐命运
可是西西弗斯啊，为什么还把我当做石头一遍又一遍推向你

小瑜，我回来了，看到你的照片时我流泪了
窗外红枣啪啪落地，这是上苍在给土地抛掷药丸
我不得不承认，输了，没戏了，剩下的日子是庆贺自己
因为爱是悲剧，而被爱是真正的悲剧
因为我的希望是对死者的希望
我的抒写是向着鬼魂的书写
因为你美貌的深海中白晃晃的肋骨像记忆的刀叉
等着吧，生命的风筝，都要被大海一一收回
等着吧，等着从未燃烧过的人也变成灰烬

等着那躲在海水中避雨的人，他看到什么，就失去什么
这咒语，你的外就是我的内，你的黑就是我的光
这当下的野荼蘼，这过时的夜莺，这正好合适的布谷鸟
等着那农夫扬起草帽在绿叶上驱赶绿色
这咒语啊，当大地上最美的一朵花正需要被我看到
这咒语啊，当学生们扬起书本在生命中驱赶意义
看那擅长装潢的老头说，既然能假，为什么不可以更假

等着这一切，承认那大于一切的一所挖下的陷阱
仿佛红粉落地，少于一滴泪，多于一场雨
你的湿衣衫紧紧贴着清华园的两轮丰盈之月
我想象过自己是乌云，可我体内的鲜血不答应
雨中的你，湿衣衫紧紧，啊，丰盈之月，丰盈之月
该怎样解除饥渴？除非我就是你乳中的乳汁
除非我的手掌就在你的网中，并且已被你紧紧抓住
谁又能真的抓住什么，除非是死神

除非是"靠死亡为生"的人，除非是1991年的川瑾

以及那个并不存在的李丫,至于你,你又能抓住什么
今天我回来了,我怎么还能够回来,我的"家"早已离家出走
千真万确,时间已在时间中淹没,空间已在空间中消失
如果还来得及,我真想去我们去过的每一个地方喊一喊你
如果不能直接喊你,就喊一喊"琦亚"、"炎娃"、"笛镝"
如果再也喊不出,我悲哀啊,从垂柳中再也看不到你的腰肢
你的双手也不再从迎春花丛中向我伸来

1995.8.18. 清华园
选自《俞心樵诗选》,长江文艺出版社 2013 年版

郑小琼

郑小琼(1980—),四川南充人。著名打工诗人。2001年到东莞打工并开始诗歌创作。已出版诗集《女工记》《纯种植物》《郑小琼诗选》等。

黄麻岭

我把自己的肉体与灵魂安顿在这个小镇上
它的荔枝林,它的街道,它的流水线 一个小小的卡座
它的雨水淋湿的思念里头,一趟趟,一次次
我在它的上面安置我的理想,爱情,美梦,青春
我的情人,声音,气味,生命
在异乡,在它的黯淡的街灯下
我奔波,我淋着雨水和汗水,喘着气
——我把生活摆在塑料产品,螺丝,钉子
在一张小小的工卡上……我的生活全部
啊,我把自己交给它,一个小小的村庄
风吹走我的一切
我剩下的苍老,回家

选自《诗刊》2007年7月上半月刊

铁

小小的铁，柔软的铁，风声吹着
雨水打着，铁露出一块生锈的胆怯与羞怯
去年的时光落着……像针孔里滴漏的时光
有多少铁还在夜间，露天仓库，机台上……它们
要去哪里，又将去哪里？多少铁
在深夜自己询问，有什么在
沙沙的生锈，有谁在夜里
在铁样的生活中认领生活的过去与未来

还有什么是不锈的呢？去年已随一辆货柜车
去了远方，今年还在指间流动着
明天是一块即将到来的铁，等待图纸
机台，订单，而此刻，我又在哪里，又将去哪里
"生活正像炉火在烧亮着，涌动着"
我外乡人的胆怯正在躯体里生锈
我，一个人，或者一群人

和着手中的铁，那些沉默多年的铁
随时远离的铁，随时回来的铁
在时间沙沙的流动中，锈着，眺望着
渴望像身边的铁窗户一样在这里扎根

选自《诗刊》2007年7月上半月刊

阿 艳

这么多年　我已习惯许多人
用无法理解的方式生活　比如卖淫
抢劫　乞讨　行骗　对于你
我无话可说　一度无语
我又能说些什么　十七岁出乡
电子厂　外省男孩　恋爱　怀孕
销声匿迹的男友　挺起来的肚子
在腹中生长的生命　不知所措的担忧
生活对于十七岁的你犹若巨大的伤口
在发炎　在疼痛　你闻到腐烂的味道
刺在喉间　"生活总会有办法"
她如此对你说　"女人总会有办法"
她们说　"路总会有的"　她们
安慰你　尽管你不齿于她们的职业
但是现实的危机　像腹中的生命
日益长大　你出厂　住进她们的房子
没有理发工具的发廊　等候十月分娩
这个孤零零的小生命最终没有跟随你
他　一个七斤多重的婴儿换来一万块钱
"营养费"对你来说　是精神的营养
或是肉体的营养　怀胎十月的结晶
不知所踪　有人说送到了潮州
也有人说是湛江　茂名　抑或在隔镇
当你平静地叙述这一切　我和你仿佛
隔着一个世界的距离　虽然我们属于
同一个世界　我也能理解你现在的
职业　比如眼影　嘴间叼着香烟
或满嘴脏话　一万块　小孩　男性
营养费……它们构成玻璃或者墙
将我与你隔在陌生的世界中

"生活总是快乐的"你叼着烟
用修长的手指甩出一张麻将牌
你仿佛在说别人的故事
涂满厚妆的脸　我看到白色的冷漠
没有表情　也没有忧伤

选自郑小琼《女工记》，花城出版社 2012 年版

○ 郭金牛

郭金牛（1966— ），湖北浠水人。曾在东莞、深圳一带打工，现居深圳。农民工诗人。诗作曾参展第44届荷兰鹿特丹国际诗歌节、2013年捷克国际书展等。已出版诗集《纸上还乡》。

在外省干活

在外省干活，得把乡音改成
湖北普通话。
多数时，别人说，我沉默，只需使出吃奶的力气

四月七日，我手拎一瓶白酒
模仿失恋的小李探花，
在罗湖区打喷嚏、咳嗽、发烧。
飞沫传染了表哥。他舍不得花钱打针、吃药
学李白，举头，望一望明月。

低头，想起汪家坳。

这是我们的江湖，一间工棚，犹似瘦西篱
住着七个省。
七八种方言：石头，剪刀，布。
七八瓶白酒：38°，43°，54°。
七八斤乡愁：东倒西歪。每张脸，养育蚊子
七八只。

岁末，大寒。表哥
淋着广东省的雨
将伤风扩大到深南东路、解放路与宝安南路。
地王大厦码到了69层
383米高。

选自《作品》2015年1月上（总第656期）

离乡地理

少年，要拿下一朵高远的云，白色的
棉花，盖着冬小麦。
时间剩下了一把干柴。母亲耗尽了井水。
少年长得高过了米，推开南山上的十亩芝麻地。

前程，在车票上，产生。
白云，在蓝天上，生长。棉花无人摘下。
少年。不安。比走动的火车，快上一步。
少年。沉默。睡着的语言。心中的一块石头。向前滚动。
少年。记住了母亲的格言，井水，和深埋的
隐忧

他迟迟不敢坐上一枚邮票回家
一写信：
　　662大巴车，就在宝石公路将他撞伤
　　大光明电子厂，就欠他的薪水
　　南镇，
就亮出了半个月亮。

选自《作品》2015年1月上（总第656期）

○ 林亨泰

林亨泰（1924— ），台湾彰化人。1950年毕业于台湾师范大学教育学系。笠诗社发起人之一。台湾"跨越语言一代"的著名诗人，与纪弦共同发起现代派运动，是台湾现代诗的开拓者之一。已出版诗集《长的咽喉》《爪痕集》等。另有《林亨泰全集》。

二倍距离

你的诞生已经
诞生的你的死
已经不死的你
的诞生已经诞
生的你的死已
经不死的你

一棵树与一棵
树间的一个早
晨与一个早晨
间的一棵树与
一棵树间的一
个早晨与一个
早晨间
那距离必有二倍距离
然而必有二倍距离的

选自《林亨泰诗集》，时报文化社1984年版

余光中

余光中（1928—　），祖籍福建永春。1947年就读于金陵大学外文系，翌年转入厦门大学。同年随父母去香港，次年到台湾。1952年从台湾大学外文系毕业。1957年主编《蓝星》周刊。1959年获美国爱荷华大学艺术硕士。主编《现代文学》及《文星》。1974年至1985年任香港中文大学中文系教授。1985年返台任教。已出版诗集《在冷战的年代》《白玉苦瓜》《天狼星》《紫荆赋》《守夜人》等。

乡　愁

小时候
乡愁是一枚小小的邮票
我在这头
母亲在那头

长大后
乡愁是一张窄窄的船票
我在这头
新娘在那头

后来啊
乡愁是一方矮矮的坟墓
我在外头
母亲在里头

而现在
乡愁是一湾浅浅的海峡

我在这头
大陆在那头

一九七二,一,二十一
选自《余光中诗选》,海峡文艺出版社 1988 年版

白玉苦瓜

——台北"故宫博物院"所藏

似醒似睡,缓缓的柔光里
似悠悠自千年的大寐
一只瓜从从容容在成熟
一只苦瓜,不再是涩苦
日磨月磋琢出深孕的清莹
看茎须缭绕,叶掌抚抱
哪一年的丰收象一口要吸尽
古中国喂了又喂的乳浆
完美的圆腻啊酣然而饱
那触觉,不断向外膨胀
充实每一粒酪白的葡萄
直到瓜尖,仍翘着当日的新鲜

茫茫九州只缩成一张舆图
小时候不知道将它叠起
一任摊开那无穷无尽
硕大似记忆母亲,她的胸脯
你便向那片肥沃匍匐
用蒂用根索她的恩液
苦心的悲慈苦苦哺出
不幸呢还是大幸这婴孩

钟整个大陆的爱在一只苦瓜
皮靴踩过，马蹄踩过
重吨战车的履带踩过
一丝伤痕也不曾留下

只留下隔玻璃这奇迹难信
犹带着后土依依的祝福
在时光以外奇异的光中
熟着，一个自足的宇宙
饱满而不虞腐烂，一只仙果
不产在仙山，产在人间
久朽了，你的前身，唉，久朽
为你换胎的那手，那巧腕
千晻万眛巧将你引渡
笑对灵魂在白玉里流转
一首歌，咏生命曾经是瓜而苦
被永恒引渡，成果而甘

一九七四，二，十一
选自《台湾现代诗选》，春风文艺出版社 1987 年版

○ 洛 夫

洛夫（1928— ），原名莫运端、莫洛夫，湖南衡阳人。1949年到台湾，后就读于淡江大学英文系。"创世纪诗社"创始人之一，1954年与张默、痖弦共同创办诗刊《创世纪》，并担任该诗刊的总编辑一职多年。已出版诗集《石室之死亡》《因为风的缘故》《月光房子》等。有"诗魔"之誉。

子夜读信

子夜的灯
是一条未穿衣裳的
小河

你的信像一尾鱼游来
读水的温暖
读你额上动人的鳞片
读江河如读一面镜
读镜中你的笑
如读泡沫

一九七三，十二，十六
选自《台湾现代诗选》，春风文艺出版社1987年版

痖弦

痖弦（1932— ），原名王庆麟，生于河南南阳。后去台湾。1953 年毕业于台湾政工干校影剧系。1954 年与张默、洛夫发起成立"创世纪诗社"，并共同创办诗刊《创世纪》。1975 年担任幼师文化公司总编辑，同时在东吴大学中文系执教。1977 年后任《联合报》副刊主编、《联合报》副总编，并兼任台湾艺术学院副教授。已出版诗集《痖弦诗抄》《深渊》《痖弦自选集》等。

芝加哥

> 铁肩的都市
> 他们告诉我你是淫邪的
> ——C. 桑德堡

在芝加哥我们将用按钮恋爱，乘机器鸟踏青
自广告牌上采雏菊，在铁路桥下
铺设凄凉的文化

从七号街往南
我知道有一则方程式藏在你发间
出租汽车捕获上帝的星光
张开双臂呼吸数学的芬芳

当秋天所有的美丽被电解
煤油与你的放荡紧紧胶着
我的心遂还原为

鼓风炉中的一支哀歌

有时候在黄昏
胆小的天使扑翅逡巡
但他们的嫩手终为电缆折断
在烟囱与烟囱之间

犹在中国的芙蓉花外
独个儿吹着口哨，打着领带
一边想在我的老家乡
该有只狐立在草坡上

于是那夜你便是我的
恰如一只昏眩于煤屑中的蝴蝶
是的，在芝加哥
唯蝴蝶不是钢铁

而当汽笛响着狼狈的腔儿
在公园的人造松下
是谁的丝绒披肩
拯救了这粗糙的，不识字的城市……

在芝加哥我们将用按钮写诗，乘机器鸟看云
自广告牌上刈燕麦，但要想铺设可笑的文化
那得到凄凉的铁路桥下

一九五八年十二月十六日
选自《台湾现代诗选》，春风文艺出版社 1987 年版

郑愁予

郑愁予（1933— ），原名郑文韬，祖籍河北。1949年到台湾，入中兴大学法商学院学习。大学期间在《现代诗》季刊发表大量诗作。1968赴美深造。已出版诗集《梦土上》《衣钵》《燕人行》《寂寞的人坐着看花》等。被称为"浪子诗人"。

错误

  我打江南走过
  那等在季节里的容颜如莲花的开落

  东风不来，三月的柳絮不飞
  你底心如小小的寂寞的城
  恰若青石的街道向晚
  跫音不响，三月的春帷不揭
  你底心是小小的窗扉紧掩

  我达达的马蹄是美丽的错误
  我不是归人，是个过客……

一九五四年
原载《梦土上》，现代诗社1955年版

〇 席慕蓉

席慕蓉（1943— ），蒙古族，生于重庆。1954年到台湾。1970年从国外返台后在新竹师范专科学校美术科任教。已出版诗集《画诗》《七里香》《无怨的青春》《时光九篇》等。

一棵开花的树

如何让你遇见我
在我最美丽的时刻　为这
我已在佛前　求了五百年
求他让我们结一段尘缘

佛于是把我化作一棵树
长在你必经的路旁
阳光下慎重地开满了花
朵朵都是我前世的盼望

当你走近　请你细听
颤抖的叶是我等待的热情
而当你终于无视地走过
在你身后落了一地的
朋友啊　那不是花瓣
是我凋零的心

选自《台湾现代诗选》，春风文艺出版社1987年版

乡 愁

故乡的歌是一支清远的笛
总在有月亮的晚上响起

故乡的面貌却是一种模糊的惆怅
仿佛雾里的挥手别离

离别后
乡愁是一棵没有年轮的树
永不老去

选自《台湾现代诗选》，春风文艺出版社 1987 年版

○ 黄国彬

黄国彬（1946— ），祖籍广东新兴，生于香港。毕业于香港大学英文系。曾于香港中文大学、香港大学、加拿大约克大学、香港岭南大学等高校任教。已出版诗集《攀月桂的孩子》《宛在水中央》《临江仙》等。

灞 桥

她站在这里，
拈着一枝湿柳；
泪光中看一个背影
在远处的冈峦消失，
只留下一山的秋风。

春天，他回来时，
见她从黎明的银缎中走来，
迎风立在桥上，
水红的披肩翻飞如霞；
长睫上一颗净水钻将坠未坠，
里面犹有他的背影，
走入一山的秋风。

一九七七年八月二日初稿
一九八六年八月十一日改写
选自《航向星宿海》，香港天琴出版社1993年版